LILITH DANDELION

salix macht beute

EINE NOVELLE

LILITH DANDELION

salix macht beute

EINE NOVELLE

HAUSMACHT

Bibliografische Information der Deutschen Nationalbibliothek:
Die Deutsche Nationalbibliothek verzeichnet diese Publikation
in der Deutschen Nationalbibliografie; detaillierte
bibliografische Daten sind im Internet über www.dnb.de abrufbar.

Illustrationen, Satz & Titelgestaltung:
Lilith Dandelion
http://www.hausmachtde/Roman

Herstellung und Verlag:
BoD – Books On Demand, Norderstedt

ISBN 9783744887366

inhalt

vorwort

als ich diese novelle zum ersten mal veröffentlichte, war es in der zeitschrift „SCHLAGZEILEN" in den ausgaben 98—101. damals hatte ich noch nicht die hoffnung, meinen großen roman zu veröffentlichen. darum beschränkte ich mich auf diesen text, der — im gegensatz zum ganzen roman — dem charon-verlag für einen abdruck geeignet erschien.

in der comic-literatur nennt man so etwas ein "spin-off". dies ist kein auszug aus einem der romane, sondern eine eigenständige geschichte. der zusammenhang besteht in der übernahme von einigen personen und namen, die im ersten roman „Homsarecs!" eine rolle spielen. kaleb, der beim erstabdruck einen anderen namen trug, ist eine eigenständige person, die im roman nicht erscheint. den namen habe ich von josef zu kaleb geändert, damit keine verwechslung mit dem josef des romans passiert.

auch die sprache der romane ist eine andere als diese, die eher experimentell angelegt ist. denn in den romanen berichten personen, zu denen dieser stil nicht passen würde. hier biete ich eine art filmische sicht an, die anders ist als im roman.

auch hier handelt es sich um meine sagengestalten, die „Homsarecs", eine menschliche spezies mit einigen eigenschaften, die sie vom „normalen" menschen unterscheiden. Homsarecs, zu denen auch Salix zählt, darf man sich als hochgewachsen und wehrhaft denken. weiteres erfahren wir auch in dieser novelle.

wie es in erotischen romanen zu geschehen pflegt, darf man den maßstab vollkommener korrektheit nicht anlegen. kaleb erleidet gewalt, die er selber provoziert hat. Salix weiß aber, daß sie schön dumm wäre, sich ganz auf zwang zu verlassen. schauen wir uns diese dressurnummer an.

LIDO, MMXVII

i.

guter fang

CLOSE-UP

ein süßer pelz sagte sie. sie blies hinein, er stellte sich auf und entblöß-
te hilflose weiße haut, rasieren oder nicht?

gänsehaut zog sich über seine schenkel

kalt ist dir, dir soll heiß und kalt werden, nichts ist schlimmer als lang-
same unterkühlung in der du glaubst, du frierst nicht

er blieb stumm, sie studierte sein gesicht, es war wie flüssiges blei:
still, aber bereit, in einer neuen form zu erstarren, und zitterte leicht

TOTALE

Salix ist stark. sie trainiert jeden tag. sie ist eine kriegerin, besitzt
einen bogen, natürlich darf man sich darunter nicht so ein high-
tech-gerät vorstellen, sondern einen ähnlichen, wie ihn die jäger in
alten zeiten besaßen. mit so einem modernen sportbogen durchs
gelände sprinten, dazu durch die büsche, das möchte ich sehen,
haha.

sie hatte für ihn die sanfteste betäubung ausgewählt, um seine
flucht zu stoppen, und den fleischigsten teil, den ihr seine rückan-
sicht zeigte. sie war ihm mit ihrem sprint so nah gekommen wie
möglich, nun blieb sie stehen, um ruhig zu zielen, kontrollierte
den atem, spannte den bogen und überließ es dem pfeil, die verlo-
rene distanz zu überbrücken. die sehne schlug mit leichtem knall
gegen ihre ledermanschette, die den linken arm vom ellenbogen
bis zur mitte der finger bedeckte.

CLOSE-UP

einen sekundenbruchteil hat er den pfeil gehört, dann fühlte er einen
pieks in der rechten hinterbacke, er hat nicht gesehen, was ihn traf.
wohl begann er zu rennen, als er Salix mit ihrem bogen sah. jetzt be-
reut er seinen aufzug, den er trotzig trug — gegen allen guten rat,
früher in der schule, nun in uni und elternhaus, provozier sie nicht,
mach sie nicht auf dich aufmerksam, sie müssen ja denken, du willst
sie anlocken, das wird dir noch leidtun.

9

jetzt tat es das, es war zu spät, er fühlte sich schläfrig, die beine gehorchten nicht mehr, stolpern, scheiße, komm hoch, komm hoch, sie ist da...

TOTALE

Salix ist kein mensch, kein gewöhnlicher wenigstens, Salix ist Homsarec, sie besitzt eine besondere vitalität, sie schläft niemals tief, sie fällt nicht in ohnmacht, sie hat sehr scharfe zähne, scharf, nicht spitz, und wenn ein schadhafter gezogen wurde, wächst ein neuer nach. Ihre Körpertemperatur liegt deutlich über der von gewöhnlichen Menschen. Salix ist groß, fast zwei meter. sie trägt einen schön ziselierten, goldfarbenen helm, schwarze lederchaps, flache stiefel und einen schwarzen lederbody mit breiten trägern, eher ein harness, das mit großen nieten am ring in der mitte gehalten wird. oberhalb ihrer rechten brust befindet sich, in einem kreis eingeschrieben, ein tiger-tattoo. ihre augen sind olivgrün, groß und aufmerksam. ihre haare sind dunkel, kurz und nach hinten gebürstet. ihre augen sind tiefschwarz mit kajal umrahmt. andere dekorative kosmetik ist ihr egal. sie würde zu ihren ein wenig maskulinen zügen auch nicht recht passen, allenfalls zu festlichen anlässen malt sie sich ein bißchen an.
Salix ist eine von denen, die man nur mit gedämpfter stimme benennt. sie ist eine von den Wilden, umschreibt man es, so warnt man seine kinder, aus dem wege zu gehen, wenngleich auch niemals ein fall bekannt wurde, daß sie sich an ihnen vergriffen hätten.

CLOSE-UP

bin ich blöd? lacht Salix, pflücke ich grüne kirschen? bitte, was soll das? rot und süß will ich sie, voll in saft stehend, selbständig, volljährig, gierig, gepflückt zu werden, und das sollen sie mir zeigen, die kleinen arschlöcher, sie sollen drum betteln, daß unsereiner sie erbeutet. ärger mit den eltern — was soll uns das? es reicht schon, daß wir eine gefahr für die öffentliche sicherheit und ordnung sind.

TOTALE

du warst schon wieder nicht beim frisör, wie ich dir gesagt hatte.
du willst sie partout anlocken, oder?
du gehst, das ist mein letztes wort!
bitte, ich bin volljährig!
nicht, solange ich dein studium bezahle.
morgen bist du aber fällig!
na, gut, dann lass ich mich eben kahlrasieren!
das wagst du nicht!! und mit ohrringen verläßt du das haus nur über meine leiche!
gut, dann werden die eben erst hinter der nächsten ecke angebracht.

CLOSE-UP

peinlich. clips. aber wer sticht mir denn löcher? wer hat den mut? wer weiß, wie das geht? mama behauptet, man könne dran verbluten, wenn man den falschen punkt erwischt. haha, glaub ich nicht, aber es kann sich entzünden, und ich bin entstellt ... vielleicht doch besser, es zu lassen... ich möchte ein tattoo, wie die Wilden es haben, einen kreis mit einem tanzenden kranich auf der brust, einen kreis mit einem schleichenden tiger auf der hinterbacke, ob man sich das aussuchen kann? in der schule habe ich mir sowas mit einem filzer auf den arm gemalt... verdammt, sie hat mich getroffen, und es tut weh, ich will es rausziehen, bewege ich meine hand wirklich dorthin oder bilde ich es mir ein? ich konzentriere mich mit aller macht —

TOTALE

es ist nicht kalt, ein warmer wintertag. Salix geht in die knie, zieht kaleb an einem arm hoch und hebt ihn über eine schulter, nimmt mit der anderen den bogen und steht aus der hocke auf. er hängt von ihren schultern herab, droht abzurutschen, also im kurzen trab zum nächsten haus der Homsarecs. Salix wird beim ankommen gesehen, wird eingelassen. ein grinsen, ein verständnisvolles hm, hm, sie trägt ihre beute ins wohnzimmer, die anderen machen

11

platz und signalisieren, sie mit ihm alleinlassen zu wollen, wenn sie es wünscht, sie winkt ab, das paar, das eben auf dem sofa knutschte, knutscht im sessel weiter.

CLOSE-UP

die pfeilspitze hat den derben hosenstoff durchdrungen, dann die haut, und hat sich festgehakt. der druck des schaftes hat die dosis in die kleine wunde gepumpt. er hätte die spitze nicht enfernt, hätte er den pfeil noch herausziehen können. die spitze löst sich leicht vom schaft. eine halbe drehung wäre nötig, um sie aus der haut zu entfernen. seine muskeln sind fabelhaft entspannt, er könnte kaum eine tasse heben. liebevoll zieht Salix ihn aus. die verliebten auf dem sessel sehen mit einer mischung aus geilheit und rührung zu. Salix hat geschmack. wenn sie einen draußen erwischt, dann ist es immer ein hübscher kerl. jetzt erst dreht sie die pfeilspitze heraus und klebt ein kleines pflaster auf den punkt, wo ein granatrotes perlchen hervorgetreten ist. seine augen sind halb geschlossen. Salix schiebt ein augenlid hoch und schaut sich die pupille an. sie läßt los, das lid sinkt herab. diese langen und seidigen wimpern!

TOTALE

dies sind die kostbarsten momente für sie, und die verliebten nikken. es sind Bellatrix, die Hausherrin, cousine von Salix, und ihr sklave targi. sie ist ebenfalls recht groß, aber viel üppiger als Salix. ihr fuchsrotes haar, ein busch locken, wird von einem haarband nur mit mühe gehalten. auch sie kannte in ihrer kriegerinnenzeit eine solche genugtuung. sie war eine der härtesten Herrinnen für schwer erziehbare sklaven, ganz gleich, ob wildfänge oder eigene. Wildes blut oder cro-magnon, die einen schmiegen sich in den willen ihres Herrn oder der Herrin, die anderen müssen es vor jedem frühstück eingetränkt kriegen, und man sieht es ihnen auch nicht an. wie wird sich dieser entwickeln? magst du widerstand, Salix?

bisweilen ja, aber ich mag sie auch anschmiegsam und mit flehendem blick.

wie wird dieser sein?

keine ahnung, aber es spielt auch keine so große rolle. jeder an seinem platz.

CLOSE-UP

ich bin nackt verdammt, ich bin nackt, ich bin in einem raum, den ich nicht kenne, sie hat mich fortgeschleppt, weiß ich noch. he, so war das nicht gemeint, vielleicht gemessene annäherung, damit ich es mir noch überlegen kann, nicht so holterdipolter ...

und ich fühl mich so schlapp sie hat mich rausgepickt aus der herde und plattgemacht wie eine antilope, die sich nicht impfen lassen will. sie nimmt meinen kopf in eine hand: zunge zeigen! ich kann sie nur ein wenig herausfallen lassen, strecken ist nicht drin. sie setzt ein glas an meine lippen, trink! es ist wasser. heute werde ich nichts anderes mehr bekommen, droht sie, aber davon genug. und wenn ich mich weigere? denke ich.

dann appliziere ich es dir rektal, antwortet sie auf meinen gedanken.

!!!! wie kann sie das wissen?

du siehst, du wirst vor mir nichts verbergen können, sagt sie.

TOTALE

schau mal, wendet sie sich an Bellatrix, wie hat er das geschafft? sie läßt die haare durch ihre hand gleiten. wie lange dürfte er sich gewehrt haben? sie faßt sie zu einem pferdeschwanz zusammen, läßt sie wieder auseinanderfallen und zieht sie rechts und links über die schultern. sie hebt seine hand hoch und läßt sie los, sie fällt ebenso locker und kraftlos, aber im liegen versucht sie einen kleinen aufstand.

du bist schön, murmelt sie und küsst ihn.

CLOSE-UP

die weichen lippen, die feuchte zungenspitze, die hand, die über meine hüften gleitet... mir ist schwindelig, ich versuche mit aller kraft, mich zu bewegen, langsam, langsam kehrt die kontrolle zurück und zugleich die konzentration. ich sehe das gesicht dieser frau wieder vor mir, sie schaut mich an, sie schaut meinen nackten körper an, er gefällt ihr, das weiß ich wohl, weiß nicht recht, warum, so ein hänfling, eine kalkleiste, ein weichei, sagen die anderen.

TOTALE

direkt vor den kamin, sagt Salix, er muß sich wärmen. sie probiert, ob er denn schon wieder sitzen kann, gibt ihm noch einmal zu trinken. ich werde dich ein paar tage nicht aus den augen lassen, sagt sie, bei tag und bei nacht nicht, und das meine ich so, denn ich schlafe nie wirklich. ah, ja, du kannst schon ungestützt sitzen? hoppla. targi, halt ihn doch bitte mal aufrecht, damit er nicht in den kamin fällt.
Salix nimmt ein paar dinge aus einem schränkchen.

CLOSE-UP

kopf auf ihrem knie, haare beiseitegeschoben, ohr mit was kaltem eingerieben, was unter das ohrläppchen geschoben, zack und rein mit dem ring. nun ist es passiert. nun ... na gut, ich kann ihn wieder raus-nehmen, wenn ich nach hause gehe, aber wann werde ich ...
dreh dich um.
hörst du? du kannst es, ich weiß es. dreh dich. richte dich auf und gib mir dein anderes ohr.

TOTALE

er dreht sich weg, der kerl ... targi, der den rücken stützt, lacht. Salix greift nach dem freien ohr, wieder versucht kaleb, es ihr weg-zuziehen.
lass ihn mal los, ich will sehen ...
er läßt ihn auf den teppich gleiten.

14

kaleb richtet sich auf die arme auf.
targi schaut Salix an: er könnte schon wieder, wenn er wollte.

CLOSE-UP

ich taste nach dem ohr — nicht anfassen! kommt Salix' altstimme. die kräfte kehren zurück in alle glieder. ja, in alle. ich erhebe mich auf alle viere und will auf die füße kommen... ja, es geht. ich richte mich auf, bedecke mich mit den händen vor ihrem starren. noch bin ich schwach. setz dich wieder hin, befiehlt Salix, gib mir das zweite ohr. ich höre nicht darauf, gehe einen oder zwei schritte. sie zieht etwas aus einer bodenvase, ssssst! trifft mich ein scharfer hieb wie ein messer. ich gehe auf alle viere runter, ohne es zu wollen, schnappe nach luft und warte, ob noch ein zweiter kommt.
ich lasse sie das andere ohr fassen, lege den kopf auf ihr knie und erwarte den pieks.
sie hat auch den anderen ring durchgezogen und geschlossen. so wissen alle, daß du meine beute bist, sagt sie leise, die anderen lassen dann die finger von dir. hoffentlich, grinst sie. du wirst lernen, mir zu gehorchen, und nur mir, sagt sie leise in mein ohr und hält es dabei sanft an der muschel. das läppchen pocht. du wirst mein diener und mein spielzeug sein, ich werde dich nach belieben strafen und meinen spaß mit dir haben. und nun brauchst du ein wenig wärme.

TOTALE

sie stupst ihn, daß er aufsteht, er tut es langsam, damit ihm nicht schwindelig wird. sie nimmt eine dicke stahlkette, die targi ihr gereicht hat, und legt sie um seinen hals, verschließt sie mit einem kleinen vorhängeschloß und hakt eine lederleine ein. so führt sie ihn durch eine große küche, über einen kleinen vorplatz, drei stufen herunter, durch den garten und in ein kleines holzhaus, wo ein ofen bullert. ein junger mann mit langer schürze schiebt holzscheite in den ofen. kaleb darf sich im saunaraum auf die unterste stufe setzen, sie erlaubt ihm nur wenige minuten, bis er richtig durchgewärmt ist, ein kleines handtuch verhindert, daß die kette auf der haut liegt; dann darf er sich auf eine liege legen, in ein großes tuch gehüllt, und limonade trinken.

sie bleibt in der sauna, er hört, wie sie neu aufgießt, das fauchen des wassers auf den steinen. der andere sklave ist holz holen gegangen.

kaleb wickelt das tuch fest um sich, schaut durch die tür und stellt fest: er ist allein. er schaut sich im ruheraum um, findet ein paar strohsandalen, passt schon, er öffnet die tür, er schreitet durch den garten, er findet einen pfad am haus vorbei, der rest sind ein paar schnelle schritte, durch die pforte, die straße entlang und ab in richtung heimat.

CLOSE-UP

eine ganze stunde hat unser nachbar heinz daran gearbeitet, die kette durchzukriegen. sie widersteht der zange. sie widersteht dem feilen.

gehärteter stahl, brummt heinz, das muß man ihnen lassen, ihre geschenke sind qualität! vater verbietet ihm den mund. die ohrringe bin ich schon los.

es war ein langer und anstrengender tag, sie haben mich zur polizei und zum arzt geschleppt, der hat mir blut abgenommen und sucht nach dem pfeilgift.

morgen muß ich wieder in die uni, sie werden mich löchern, was ich da erlebt habe.

ich kann nicht schlafen, dabei bin ich so müde. aber mein herz schlägt schnell. als sei ich verliebt! quatsch.

aber ich habe etwas neues erlebt. es war aufregend, darum kann ich nicht zur ruhe kommen. das tuch. es riecht nach ihr.

meine Herrin. warum bist du eine von ihnen? warum tut ihr dinge, die euch für uns unerreichbar machen? ich bin doch nur ein kleiner student, eine sofakartoffel, ein bildschirmkleber, ein blasser bücherwurm, was wollt ihr von mir?

ich habe die kette an mich genommen, meine eltern waren zu empört, um es zu merken. ein paar tage lag sie in der untersten schublade, dann hat sie angefangen, nach mir zu rufen. ich lasse sie durch meine hand gleiten, sie ist schwer, sie ist glatt, sie ist kalt. ich lege sie um meinen hals. ich krame in der werkzeugkammer nach einem kleinen vorhängeschloss, nach einem ersatz für das zerstörte. das schulde ich ihnen.

das tuch. ich verstecke es und behaupte, ich hätte es fortgeworfen. ich decke mich damit zu und streichle es. der seidige stoff, die wunderbaren primitiven figuren darauf — und das beste daran: es riecht nach ihr. mein kleinod, mein andenken an Salix, meine Herrin. schade, daß ich ihr nicht gehorchen kann, schade, daß ich ihr fortlaufen mußte, aber das mußte ich, und wenn sie nicht ganz dumm ist, wird sie es verstehen.

TOTALE

Salix duscht kalt und trocknet sich ab. wie sie erwartet hat, ist kaleb aus dem ruheraum verschwunden. es schmerzt sie unerwartet. dabei ging es streng nach den regeln. entführte bekommen eine chance zur flucht, sobald sie wieder bei kräften sind. zu diesem brauch steht sie auch.

Salix hüllt sich in ein anderes tuch, ähnlich dem, mit dem kaleb ausgerückt ist. sie hatte es lange getragen und nicht versäumt, es zwischen ihre beine zu klemmen.

sie geht in die küche. targi und ishi sind im dienst, tragen lange schürzen, darunter nichts, und bereiten das abendessen vor. Salix wird mit ihnen essen. ishi soll gemüse schneiden. er ist spät dran. hat seinen dienst zu spät angetreten.

Salix nimmt ihn sich vor. die weidenrute muß er selber im garten schneiden und sie ihr auf beiden handflächen reichen, mit gesenktem blick. der erste hieb trifft seine handflächen, dann muß er sich umdrehen. Salix wirft die gerte fort, als die rinde in fetzen hängt. auch Bellatrix findet, sie sei heute zu hart. Salix dreht sich um und geht weg. sie sollen mit dem essen in die puschen kommen, ruft sie ihnen über die schulter zu, ich habe nachtwache, ich will pünktlich sein.

17

CLOSE-UP

ich möchte die ohrlöcher offenhalten, aber ich habe keine ohrringe
mehr ...
die putzfrau im seminarklo entdeckt mich vor dem spiegel
sie schaut mich an und lächelt
hastu neu ohrringe? ihr deutsch ist niedlich.
ich schüttle den kopf, ich habe keine, bestimmt wachsen die löcher
bald wieder zu.
mustu scharfe messer nehmen, kleine holz schneiden. runde, so klein.
meine mama so gemacht, weil keine gold mehr, schiffräuber geklaut.
ob das sich nicht entzünden werde? neinnein, kein problem und sieht
man nicht.

TOTALE

wann gehst du zum friseur? kaleb, ich rede mit dir! seit drei monaten...
könnte ich nicht ausziehen? vielleicht in eine wohngemeinschaft.
von uns kriegst du keinen pfennig. du hast bald zwischenprüfung,
du wirst nicht abends in kneipen rumstehen, bis spät in die
nacht...
das tuch und die kette verwahre ich in meiner schultasche. sie
bringt es fertig und schmeißt es weg.
oder in die waschmaschine. fast schlimmer.
ich binde jetzt immer einen strammen pferdeschwanz. daß sie
gleich nix zu meckern haben. haben sie aber. reicht dir nicht die
eine entführung? was haben sie da mit dir gemacht? wann wirst du
endlich erzählen?
nein, ich besuche Oda und Louis. das sind freunde von mir. sie
verstehen mich. vielleicht, weil Oda mal auf den strich gegangen
ist, das darf bei uns zu hause natürlich keiner wissen. Louis ist
fotograf. Oda sein model. heute nehmen sie mich auf. ich lasse
mich mit zeichen bemalen, wie sie bei den Wilden tätowiert sind.
tätowieren käme natürlich nicht in frage. ich lasse mir die augen
schminken.

18

die haare bürstet mir Oda so auf, daß es nach sehr viel aussieht. toupiert sie ein bißchen, so nennt man das, wenn du erst denkst, sie will sie rausreißen. ihre ohrringe darf ich reinstecken. so posiere ich nackt für sie. oder mit dem tuch um die hüften. mit der kette um den hals.

in der ersten frühjahrsonne räkele ich mich auf betontrümmern einer alten fabrik. niemand in der nähe außer Oda und Louis. sie sind bereit, die fotos bei sich aufzubewahren.

CLOSE-UP

das tuch riecht nicht mehr nach ihr. nur die kette ist schwer und kalt und fühlt sich an wie ein harter griff um meinen hals. ich habe das schloss zugemacht und den schlüssel versteckt. ich trage sie ständig, lasse aber mama oder papa das nicht sehen.

kein abend ohne gedanken an Salix

die rasende hand unter der decke, der perlmuttfarbene auswurf, das besessene putzen hinterher. und lüften nicht vergessen

würde ich mich ihr wirklich unterwerfen?

ist sie noch meine Herrin?

wo bleibt sie? holt sie mich noch? hat sie mich vergessen?

der pfeil. ich habe keinen bock auf noch einen pfeil.

sollte ich sie doch meiden?

ii.

rückkehr

TOTALE

... lass ihn selber kommen, Salix, alles andere hat keinen wert...
passive sind manchmal sooo passiv...
wem sagst du das, Salix ...
ishi, du wärest aber deinem glück nicht aus dem weg gegangen.
nein, das wäre ich nicht ...
ishi, wie alt bist du?
zweiundzwanzig
warum eigentlich bist du nicht mein sklave?
vielleicht, weil ich es zu sehr will, du hast dich halt in kaleb verliebt, in einen cro. warum sind immer alle so scharf auf cros? weil
die angst haben?
vielleicht ... aber, ishi, ich glaube, ich habe dich vernachlässigt.
du hast keine pflicht, auf mich zu achten, du bist nicht meine
Herrin.
das ist Bellatrix, ich weiß. aber sorgt sie gut für dich?
sie hat vor allem ... nein. Salix, bitte. Salix ...
ist diese rute noch frisch?
nein, ich hole dir eine neue aus dem garten.

CLOSE-UP

so gut? kriegst du genug luft? sie lockert den knebel ein bißchen. er
nickt, alles in ordnung. er sinkt ein wenig ins kreuz. sie befiehlt ihm, die
beine zu schließen, sich zu schützen, denn sie geht nicht eben zimper-
lich mit sklaven um. sie kneift seine brustwarzen, verdreht sein pierc-
ing. sie nimmt seinen knebel raus.
du bist ersatz für mich, weißt du das? ja, Herrin, große kriegerin, ich
weiß es
schlimm?
ja, aber ... es ist schon okay. solange ihr mich nicht vergesst, meine
Herrin.
hör auf, ihr zu mir zu sagen, ich bin eine singularität
ich vergesse dich manchmal, tut mir leid für dich, es ist aber eben so
ich ertrage es für eu ... dich.

21

das mag ich an dir
die rute ist noch heil, ich muß sie kaputtkriegen
sie arbeitet sich in schweiß, Salix, splitternackt, dann drückt sie sein
gesicht in ihren schoß
wenige sekunden lang
brich mir nicht das nasenbein!
blitzgeschwind ist sie wieder über ihm, dreh dich um, leg dich hin, und,
schnell und ungeduldig: fick mich hart.

TOTALE

eine villa von 1890
ein garten
den er fluchtartig verließ
komisch eigentlich, daß die Wilden in solchen spießigen häusern
wohnen
allerdings sitzen sie am boden auf teppichen und kissen
ich würde mir eher pfahlbauten vorstellen, hölzerne langhäuser
wie bei den irokesen, tipis oder jurten

CLOSE-UP

wenn mich nun jemand sieht? holen sie mich dann rein? ich bin ihnen
abgehauen, werden sie mich bestrafen, weil ich geflüchtet bin?

TOTALE

schau mal, Salix, dein freund steht vor dem haus
und zwar so, daß er denkt, wir sehen ihn nicht
ob er reinkommt?
wir können ja mal wetten drauf...
patsch.
der trägt die kette, ich lach mich tot.
und die langen haare hat er auch noch.
und malt sich die augen an ...
weg vom fenster! weg, sage ich!
seht ihr, jetzt geht er weiter. ihr arschlöcher.

Salix, was hast du vor? willst du ihm nachlaufen?
du bist ja verknallt.

CLOSE-UP

Salix, ist dir das nicht peinlich? willst du ihm wirklich hinterherlaufen?
nein, nur ein bißchen pirschen, er soll es gar nicht merken ...
aber ohne bogen! ohne ...
tu es nicht, willst du dich so weit erniedrigen? eine kriegerin wie du?
Salix läßt sich wieder ins sofa fallen. Bellatrix hat recht.
eine kriegerin sollte sich mehr in der hand haben.
sie bleibt nachdenklich sitzen, die kerze brennt herunter, endlich erhebt sie sich und legt ihre lederne ausstattung an, um ihrer arbeit nachzugehen, denn sie ist eine

TOTALE

Erynnie. das heißt, sie hat mit einem kollegen oder einer kollegin die nachtwache zu übernehmen, sie gehen patrouillen in der nächtlichen stadt, schützen eigene häuser, jurten, pfahlbauten und tipis vor sabotage durch feindlich gesinnte cros, vor den schlägern, die sich rotten nannten, die einstmals staatlich gelenkt wurden, die inzwischen aber auf eigene faust — und das ist wörtlich zu nehmen — diejenigen bestrafen, die mit den Wilden paktieren.
sie ziehen sich zurück, wenn die Erynnien und die krieger auftauchen, bisweilen sogar seite an seite mit cro-polizei, um den waffenstillstand zwischen cros und Wilden zu hüten. Salix legt ihren ledernen bustier an, darüber das harness, lederslip und chaps. den gürtel mit der großen schnalle mit ihrem namen. verschiedene metallclips sind an ihrem harness befestigt, tierfiguren aus silber für gute leistungen. für die beste bogenschützin, schnellste läuferin, preise für gewichtheben, beil- und messerwerfen. die stillen künste, die auch einer feuerwaffe überlegen sein können. Salix überprüft die pfeile. die farbe der feder beschreibt die qualität des pfeilgiftes. rote und weiße federn für eine schnell wirkende, aber auch rasch wieder abklingende betäubung: die wurde am häufig-

sten gebraucht. und die schwarzen? fragen wir nicht weiter, dieser fall ist so unwahrscheinlich wie ein sechser im lotto. sie schiebt das steinbeil in den gürtel. daneben die katze. und diese ist wirklich zur bestrafung da. ihre riemen enden in knoten. vandalismus ist das häufigste delikt, dann körperverletzung. es gibt die bereitschaftsrichter, denen man die sünder vorführt und die sofort ein urteil sprechen. der vollzug findet noch in derselben nacht statt. der erfolg ist atemberaubend.

CLOSE-UP

Salix setzt den helm auf und schiebt den daran befestigten sonnenschutz nach oben. sie verläßt das haus mit fast lautlosen schritten auf weichen stiefeln. es ist kühl, aber man riecht den frühling. ihre pupillen weiten sich, als sie den straßenabschnitt mit den laternen verlassen hat. sie hört mäuse im laub und eine taube im geäst, die sich im schlaf schüttelt. einzelne tropfen fallen aus den noch kahlen zweigen. und da sieht sie ihn. der bursche treibt sich also immer noch hier herum. er weiß, wer da kommt, steht lächelnd da, glaubt wohl, sie sieht ihn nicht, will er sie erschrecken? wer eine Erynnie erschrecken will, muß schon sehr früh aufstehen.

kerl, was tust du hier?

so ein bißchen erschrocken ist er ja nun.

er wolle sie begleiten.

so, begleiten. auf dem klavier?

nein, auf dem spaziergang.

hah! lacht sie fast schrill, ich spaziere mit chance zu einer bewaffneten auseinandersetzung! geh nach haus. — los! geh nach haus!

zu dir oder zu mir? murmelt er sehr leise.

pah! sie lacht beinahe. hat er sich die augen angemalt und trägt ohrringe und — ist es denn zu glauben — die schwere kette um den hals.

bitte, darf ich zu dir? fragt er mit einem leisen keuchen, das ihr seine angst verrät.

das rührt sie doch. sie faßt die kette und zieht ihn zu sich heran. sie leckt ihm kräftig über das gesicht, rechte hälfte, linke hälfte. du bist süß, sagt sie, ich mag dich, aber ich kann dich heute nacht nicht brauchen, die pflicht ruft.

TOTALE

sie strebt in flottem schritt in richtung ihrer dienststelle.

Salix kommt vom dienst, sie ist recht müde, sie geht in ihr zimmer. alle im haus sind längst zur ruhe gegangen, es ist gegen vier. ihr ist heiß vom laufen, sie hat die waffen in den schrank eingeschlossen, hat in der sauna die ledersachen abgelegt und geduscht, dann ein tuch angelegt und ist hereingekommen. sie streckt sich auf ihrem bett aus und ihre augen gewöhnen sich an das dunkel. irgendwo hier schlägt noch ein herz, und das schlägt ihm bis zum halse, sie kann das hören.
sie setzt sich ruckartig auf.
im käfig ist jemand.

CLOSE-UP

wer — das ist wohl klar. aber wie ist er da reingekommen? er liegt zusammengekrümmt und atmet ein wenig stockend. Salix erhebt sich leise und nähert sich dem käfig. der schlüssel hängt am wandbord. kaleb hat sicher targi oder ishi beschwatzt, ihn hereinzulassen. er hat wohl gelogen, es sei auf ihren befehl.
na, warte.

der käfigboden ist mit einer festen matratze belegt, eine rauhe decke hält meinen nackten körper warm. mein arm, auf dem der kopf ruht, ist aus dem käfig gestreckt.
ich mußte wiederkommen, ich mußte lügen, Salix, meine Herrin hätte befohlen, ich solle im käfig auf sie warten, und jetzt kann ich vor angst nicht schlafen, daß sie böse wird und mich fortschickt.

TOTALE

sie streckt sich auf ihrem bett aus. ihr blick ist auf den sklaven gerichtet, der im käfig liegt.

wie süß er ist! Salix hatte keinen zweifel, daß er wiederkommt, aber so bald!

so wird sie vier stunden ruhen, ohne die augen zu schließen, wird dösen wie eine raubkatze, die bei einem leisen geräusch sofort den kopf hebt, denn so schlafen Homsarecs.

CLOSE-UP

zwischen den gitterstäben hindurch sieht man den sklaven und hört ihn ruhig atmen. Salix schaut durch die stäbe.

TOTALE

sie zieht langsam die decke weg; er brummt und versucht, sie hochzuziehen. Salix kichert über seinen ständer. er kann die decke nicht so weit hochziehen, daß er wieder bedeckt ist; jetzt zieht sie die dünne decke ganz aus dem käfig heraus. sie geht hinaus und kommt mit einem becher mit wasser zurück, das sie über ihn schüttet. er schreckt hoch und stößt sich den kopf am gitter. murmelt: oh, scheiße ...!

ja, scheiße, wiederholt Salix, was habe ich dir befohlen, gestern abend?

er brummelt, er weiß es nicht mehr. er solle nach hause gehen, erinnert er sich, aber das ist doch hier, oder? hat sie ihn denn nicht geholt?

sie schüttelt den kopf. du bist gegangen, du hast dich entschieden, und wenn du zurückgekommen bist, mußt du mir auch gehorchen. Salix öffnet den käfig und läßt ihn herauskriechen. sie nimmt ihm die kette ab, den schlüssel hat er in der hosentasche. sie befühlt ihn, ob er ausgekühlt ist.

CLOSE-UP

so, dann dürfe er jetzt wieder abrücken. heimwärts. zu seinesgleichen, sagt sie.

ein ruck, ein schock geht durch ihn. sein blick kommt angeflattert, dann fängt er sich. er senkt den kopf und gehorcht. schaut beim anziehen zu ihr auf: bitte, schick mich nicht weg! er setzt sich auf einen niedrigen hocker, um die socken anzuziehen. sie setzt den nackten fuß auf seine linke schulter. sie drückt ihn so weit runter, daß er sich auf die hände stützen muß und vom hocker rutscht. sie läßt nicht nach mit dem druck, bis er auf knien und ellenbogen liegt, bis sein gesicht auf den rauhen teppich gedrückt wird, bis er schmerzhaft die stacheligen fasern fühlt, als presse er seine wange auf eine wurzelbürste.

was willst du?

bitte, fleht er, schick mich nicht weg, Herrin, bitte!

er habe nicht gehorcht, sie tritt noch fester zu, er stöhnt auf, bitte nicht wegschicken.

der druck läßt nach.

TOTALE

sie zieht den fuß zurück und setzt ihn vor kalebs gesicht auf den boden. er streift mit den lippen ihre zehen, mehr wagt er nicht. er streckt, ohne sein gesicht vom boden zu erheben, seine hände nach vorn, die handflächen offen. sie setzt den fuß darauf.

gut, sagt sie. du magst bleiben. die zeremonie wird nach dem frühstück im wohnraum stattfinden.

bis dahin noch ein paar verwirrende momente. denn nun ist er in die pflicht genommen. gleich wieder ausziehen. er duscht eilig und trocknet sich ab. er tritt vor sie, den blick gesenkt. nun bekommt er die lange schürze eines küchensklaven, mit bändern, die sich über dem hintern kreuzen und einen teil davon freilassen. hurtig! kurzer trab! nichts geht ihr schnell genug, und ein kleiner scharfer hieb mit einer kurzen dünnen gerte verleiht den befehlen nachdruck. er kann nur bei ishi abgucken, was von ihm verlangt wird. in ruhigen momenten sagen ihm die anderen sklaven ins ohr, was zu tun ist. frühstück zubereiten, für die asiatischen gäste suppe warmmachen und reis kochen. den niedrigen tisch decken, sitzkissen auslegen. tischdecken auslegen, servietten, becher, schalen, stäbchen, löffel. keine messer? messer am eßtisch sind unhöflich. wir kommen nicht bewaffnet an den tisch, wir sind ja keine barbaren, wir haben kultur. auf dem seitenbord werden die müslizutaten aufgestellt. aha, ein bufett zur selbstbedienung ... falsch, die gäste werden von euch bedient, wozu gibt es sklaven? das auftragen steigert sich zum gestreckten galopp, außer, wenn heiße getränke hereingetragen werden, und dann tritt plötzlich stille ein. aus den oberen zimmern tauchen wie zombies verschlafene gesichter auf. Bellatrix übernimmt die aufsicht. der raum füllt sich. nicht nur Herrinnen tauchen auf, sondern auch herren mit sklavinnen, herren mit sklaven, damen mit mädchen, bei denen man nicht weiß, ob sie sklavinnen sind oder künftige Herrinnen. manche sind splitternackt, aber mit schmuck behängt, andere in prächtige tücher gehüllt. nur die sitzordnung, ein platz auf den kissen oder nur auf dem teppich, verrät, wer herrscht, wer dient.

Salix faltet sich auf einem der üppig bunten sitzkissen zusammen und plaudert liebreizend mit einem der gäste.

kaleb ist eifersüchtig. sie flirtet doch mit dem!

sie haben sich lange nicht gesehen, es gibt viel zu erzählen. ein finsterer kerl, dessen pony die augen fast verdeckt, seine hohlen wangen geben ihm etwas asketisches. er heißt hemyarik. Bellatrix stößt kaleb so an, daß er fast über die kissen stolpert: los, frag schon, was sie trinken wollen! starken kaffee, tee, pfefferminztee, grünen tee, milchkaffee, jeder will was anderes, der teufel soll sie alle holen. kaleb bringt erst einmal alles durcheinander, muß fragen: wer bekommt den verdünnten schwarztee? und das ist verpönt, das sagen die blicke. konzentration, merken, möglichst die kombination von gesicht und getränk einprägen. er soll von allein wissen, was einer üblicherweise trinkt, und das für immer. Salix hat einen mörderischen appetit und will von allem etwas. kaleb trägt herbei und trägt herbei. das bücken zum niedrigen tisch, das bücken, um in dem stimmengewirr die bestellung zu verstehen, raubt ihm bald den nerv.

CLOSE-UP

habe ich es mir so vorgestellt, ihr sklave zu sein? herumhetzen, alle anderen bedienen, kaum ein blick von ihr, sie ignoriert mich, sie beachtet mich überhaupt nicht, sie hat nur augen für diesen anderen Wilden. ich werde hier wirklich ein wesen zweiter klasse sein.

TOTALE

da trifft ihn ein ruf: kaleb! hierher!
und hinter ihm ishi: los! deine Herrin ruft! beeil dich! ein scharfer hieb mit einer rute unterstreicht den befehl. kaleb hat keine zeit für empörung.

CLOSE-UP

er kniet auf dem teppich. die schürze mußte er ablegen. nichts schützt ihn vor ihren blicken. alle haben sich ihm zugewandt. Salix tritt vor ihn hin.
ja, ich bin freiwillig hier und verletze niemandes rechte.
kaleb muß den ganzen satz wiederholen, wenn er antwortet.
ja, ich habe dreimal um aufnahme ersucht.
ja, ich will die pflichten eines sklaven erfüllen.
ja, ich weiß, daß ich dieses haus als freier mann verlassen kann, wenn ich es will und das vor der hausversammlung dreimal ausspreche.
ja, ich werde die befehle meiner Herrin auch dann erfüllen, wenn sie meinen wünschen widersprechen, vor allem, wenn mir genussgifte verboten werden.
ja, ich weiß, daß mir kein schaden zugefügt werden wird und irreversible — was ist das? — nicht rückgängig zu machende veränderungen nur auf meine dreimalige bitte durchgeführt werden ... was ist damit gemeint? tatoos, narben, brandmale ... buha, worauf lasse ich mich da ein? ... eine stunde des tages wird meine sein, jedoch nicht mit den

anderen sklaven zusammen, die hecken nur unsinn aus ... muß ich das auch wiederholen? nein, nicht nötig ...

ja, ich erlaube meiner Herrin körperstrafen nach ihrem ermessen. sie hat mir gegenüber keine pflichten und schuldet mir keine liebeserklärungen, wie sie auch nicht objekt meiner eifersucht sein wird oder meines wunsches, sie zu besitzen. ich gehöre ihr und habe kein recht, ihr eigentum zu beschädigen.

Salix legt das tuch ab, in das sie sich gehüllt hatte und steht nun auch nackt da.

vor gott und euch nehme ich diesen zum sklaven, werde ihn schützen, strafen und benutzen.

targi reicht ihr die kette, sie legt sie kaleb um und läßt ein verborgenes schloß einschnappen.

er hebt verstohlen den kopf, schaut sich um, sie blicken gerührt, fehlte noch, daß sie applaudiert hätten. seine Herrin streichelt ihm über den kopf, dann reicht sie ihm die schürze, es ist noch viel zu tun.

TOTALE

das geschirr ist gewaschen, nun wird es zeit, das gemüse zu putzen. wird das immer so gehen?

die küche. sie hat einen kupfernen rauchfang und bildet einen block in der mitte des raums, so daß alle küchensklaven daran arbeiten können, ohne sich im weg zu sein. ein teil ist ein gasherd. kochen auf offener flamme ist neu für kaleb. er muß ein trikot mit langen ärmeln anziehen, wenn er brät. nacktheit ist nicht prickelnd bei fettspritzern.

bei der arbeit erzählen die jungs klatschgeschichten. wer ist dieser gast aus der hauptstadt? er hat mal eine revolte gegen den könig der Wilden angeführt, das ging schief, seitdem nennen sie ihn könig harakiri den letzten, er hat versucht, sich mit einem samuraischwert zu töten. der idiot.

wieso idiot?

die wilden können sich nicht selber umbringen, sie sind zu stark. wußtest du das nicht? man kann sie nicht töten, also sie sich selber auch nicht. was passiert, wenn du auf einen Wilden schießt? er fällt nicht um, er bleibt bei bewußtsein, er geht auch mit einer kugel im kopf zum angriff über. darum unternehmen sie ja nichts gegen uns, sondern halten einen waffenstillstand. übernimmst du die kartoffeln? hier ist ein hocker, schüssel, wasser, messer.

dann soll er wohl den größten teil des tages ohne Salix verbringen? war das so gemeint?

CLOSE-UP

er sitzt mit dem kartoffelkorb auf dem schoß und schält. das haar fällt ihm ins gesicht. targi mariniert die steaks und singt vor sich hin. es nervt ein bißchen.

das messer ist scharf.

sie soll mich beachten.

die messerspitze federt leicht auf der haut, bis sie eindringt.

TOTALE

er zieht eine linie den arm entlang vom handrücken bis zur armbeuge.

er sieht zu, wie das blut auf die kartoffelschalen tropft. und in die schüssel mit den kartoffeln.

eine kopfnuß trifft ihn.

was ist denn das für eine schweinerei? feierst du so deine aufnahme? gib das messer her! er läßt es los.

einige harte ohrfeigen bringen seine wangen zum brennen.

targi, spül bitte die kartoffeln ab, ich kümmere mich um ihn.

mit einer hand hält sie ihn an der kette, mit der anderen umfaßt sie schmerzlich fest sein handgelenk, und dann fährt ihre zunge auf dem schnitt auf und ab.

CLOSE-UP

wer hatte von schweinerei gesprochen?

es hörte auf zu bluten, es hörte auf wehzutun, es war weg.

es ist weg, murmelt er, wie kann das — wie ist das —

31

eigentlich brauchen wir dich in der küche, aber du mußt noch einiges lernen, spricht sie, als sei es nicht zu ihm. zieht ihn an der hand wie ein kind hinauf ins obere stockwerk. verwundert schaut er auf seinen arm, nur ein kleiner riß ist da, wie mehrere tage verheilt.

... nicht genug um dich gekümmert, mag sein, aber erpressung ... das geht gar nicht.

hilfe, was hat sie vor?

gerade hast du versprochen, das eigentum deiner Herrin nicht zu beschädigen, und was ist das?

arme auf dem rücken verschnürt, beine verschnürt, viele male das seil um seine glieder gelegt, dann die decke eng um ihn gelegt, und auch die mit dem seil gesichert, ein kokon. jeder ruck ist schön, jede hand, die sie auf ihn legt, selbst das gespannte gefühl in den schultern, und dann liegt er da in seinem kokon, die ohren verstöpselt, die augen verbunden, nur der mund ist frei, ja, der könnte nun in ein protestgeschrei ausbrechen, tut er aber nicht.

ist sie denn nun noch im raum oder nicht? er kann sie nicht hören, wenn sie da ist. es ist so aufregend, er entdeckt die enge, jeder ruck an einer fessel eine neue empfindung, rechtes, linkes bein, rechte, linke hand, nichts kann er rühren. die rauhe decke scheuert an seinem neugierigen glied, dem einzigen, das seine freiheit hat, es beantwortet jeden gedanken mit einem kleinen aufstand gegen die decke, die auf ihm liegt. er könnte mit den hüften wackeln und es so gegen irgendwas drücken, was widerstand leistet, aber die pieksige wolle tut nur weh. er versucht zu lauschen, etwas zu sehen, aber dann versinkt er.

im schutz der dunkelheit — dieser begriff geht ihm nicht aus dem kopf. nein, fortschicken wird sie ihn dafür nicht, aber erziehen, das wird ihm klar. und das wird kein zuckerschlecken.

iii.

kaputtmacher

TOTALE

das wohlige dahindriften bricht plötzlich auseinander, der schreck malt ein schwarzweißes zickzackmuster vor seinem inneren auge. ein gewicht drückt auf die matratze, auf der er liegt. nach und nach werden die knoten gelöst. wer es tut — vielleicht sie, vielleicht jemand anderes, er dringt erst nach halben und ganzen minuten dazu durch, daß es ihm durchaus nicht egal ist, nein, sie soll es sein. es wird kalt, die decke wird geöffnet, es ist jemand anderes, die hände sind groß, die ihn anpacken, und nicht so warm wie ihre. die arme werden befreit, die schultern schmerzen, er dreht die arme nach vorn, die hände lenken und verlangsamen die bewegung. höre ich ihre stimme? er ist sich nicht sicher. er wird auf den bauch gerollt.

CLOSE-UP

schmerzhaftes einklemmen seines schwanzes.
er hebt die hüften an, um ihn zu entlasten.
sie nimmt maß, sie macht ein präzises karo auf seinem hintern, heute mal mit dem rohrstock, sagt sie fröhlich, mit dem kann man genauer arbeiten. gleichzeitig lasten knie auf seinen armen und fixieren sie. an der kraft, mit der er ihn niederhält, erkennt er einen anderen mann. ich will, daß er heult, glaubt er zu verstehen. und näher an seinem ohr, sagt sie, los, heul, ich will dich hören! sie macht ihm die ohren frei, jetzt hört er das pfeifen des stocks, bevor er ihn trifft, und er gehorcht endlich, er jammert kläglich, so wie sie es hören will, und wahrhaftig, verspricht sie, sie wird nicht eher aufhören, als bis sie tränen auf seinen wangen sieht.

TOTALE

natürlich will er das nicht! er beißt die zähne zusammen. nicht so sehr der schmerz ist es aber, der seinen vorsatz vereitelt; es ist vielmehr die erniedrigung, daß ishi ihn festhält, es ist die erkenntnis: die haben leichtes spiel mit mir. und ishi ist eifersüchtig, er liebt Salix, das ist offensichtlich. jetzt flüstern ihm stimmen ins ohr, was er früher gehört hat: sie sind gefährlich, du weißt nicht, was sie mit dir machen werden, sieh zu, daß du ihnen nicht in die finger kommst.

CLOSE-UP

wieder macht sie eine pause zwischen den schlägen, kommt sie ihm näher und murmelt: und glaube nicht, du kriegst jetzt schöne strafen, solche, die dir schmecken. du wirst lernen, daß man mich nicht manipuliert.

weiter geht es. unregelmäßig. sie pausiert immer dann, wenn sie meint, er könnte anfangen, es zu genießen, und sie macht immer lange genug pause, um ihn rauszuholen. du wirst dich nach meinen schönen strafen sehen, du merkst schon, ich kann dir das geben. wenn du es erst verdienst.

wirst du es dir verdienen?

ja, meine Herrin, jammert er, alles, was du willst!

sie streichelt seine wangen und küsst seine tränen weg. ach du armes häschen, murmelt sie.

ishi! mach ihn im käfig fest, aber so, daß er nicht an seinen schwanz kommt.

ishi gehorcht.

leg dich nicht mit ihr an, sie ist eine Erynnie, sagt er leise.

die hände werden außerhalb des käfigs mit einem kleinen pranger fixiert, das reicht schon, er kniet, seine arme sind nach vorn gestreckt. seinen kopf muß er senken, sonst stößt er an die käfigdecke. auch seine füße sind hinten fest, darum kann er nicht ganz nach vorn rutschen, um die handgelenke zu entlasten. sein hintern brennt. ishi löst die arretierung der rollen und rollt den käfig an die wand mit dem schornstein, von dort kommt wärme.

TOTALE

zum mittag darf er rauskommen. targi holt ihn, macht ihn mit ebensolchen ruppigen griffen frei, wie es ishi tut. der kleine pranger kommt auf seinen rücken. so darf er an einem der niedrigen tische beim essen knien.

CLOSE-UP

das ist dein napf, sagt sie. er schaut sie fragend an, wie soll ich das machen? aber schon plaudert sie weiter mit diesem hemyarik. kaleb beugt sich über den napf und nimmt die brocken mit den lippen auf. sie wartet kaum, bis er sich wieder erhoben hat, klatscht ihm einen löffel kartoffelbrei fast ins gesicht. puterrot versucht er, so manierlich wie eben möglich zu essen. spöttische blicke der gäste bohren sich durch seine augen und beschämen ihn. schlimmer. offene worte. was hat er ausgefressen? er hat sich mit einem küchenmesser verletzt. geritzt. was für eine unart! du treibst es ihm doch wohl aus? du hast es nötig, hemyarik, denkt er.

er beginnt zu zittern. es ist anstrengend, so zu knien, die balance zu halten, die knie schmerzen trotz kissen, er wird nicht satt.

TOTALE

endlich wird er erlöst. das prangerholz wird ihm abgenommen, er darf seine hände wiedersehen. halte sie hoch. was wirst du damit tun? schau sie an und versprich, dich nicht wieder selbst zu verletzen.

nur ich habe das recht, dein blut fließen zu lassen, sagt sie ernst, während er vor ihr kniet, und alle gäste löffeln genüßlich ihr dessert dazu.

nun? sie schaut ihn auffordernd an.

ich kann dich auch wieder wegschicken, fängt sie sein schweigen auf.

da verspricht er es und läßt sich ganz vor ihr fallen, die stirn auf dem polster, und er muß es lauter und lauter wiederholen, denn sie ist schwerhörig, wie es Herrinnen im allgemeinen eben sind.

der abwasch ist erledigt. die gäste sind unterdessen abgereist, kaleb hat den abschied nur aus der distanz gehört. er hätte gern gewusst, wie sich Salix von hemyarik verabschiedet hat, aber egal. jedenfalls ist er jetzt weg.

die sklaven begeben sich zu ihren Herrinnen. Bellatrix nimmt targi und ishi an ihre seite. ishi ist noch targi untergeordnet. sex haben nur Bellatrix und targi. immerhin darf er ihnen zusehen, mal vom käfig aus, mal wird er in ihr schmusen einbezogen.

aber eigentlich hat ishi nur augen für Salix.

kaleb darf zum ersten mal auf Salix' lager mit ihr.

CLOSE-UP

sie streicht seine haare zur seite und untersucht die ohrläppchen. muß ich sie neu stechen? ha, was hast du da drin? ich dachte schon, da hat sich was verkapselt ... was ist das?

kleine holzpflöcke, anwortet er. sie lacht. die vietnamesische methode! das war schlau. sie streckt sich zur schublade eines kästchens, das sie neben sich stehen hat. sie findet ein paar kleine creolen und bringt sie ihm an. eine gänsehaut zieht sich über seine arme.

sie küsst ihn auf die wange. er will sie auf den mund küssen, sie drückt ihn zurück. sie nähert sich ihm, er hebt den kopf ihr entgegen, doch sie hält die hand auf seine stirn, nähert sich, entfernt sich wieder, sein blick wird flehend. sie lächelt.

wieder nähert sie sich, jetzt wird es ein richtiger kuß!

TOTALE

oder? er hat die spitze seiner zunge herausgestreckt, sie wartet, daß er die augen wieder öffnet.

das möchte ich nicht wieder sehen, sagt sie. — was??

deine zunge bleibt drin! oder willst du dich an meinen zähnen schneiden?

streng verboten! wieder was gelernt.

CLOSE-UP

also warten. warten, daß ihre zunge in seinen mund eindringt. ihre
lippen umspielen seine. ihre hand wandert auf seine augen und hält
sie zu. er wartet. ganz passiv.
so ist es brav, brummelt sie. und das war's dann.
aber was ist mit mir als mann? denkt kaleb, seit seiner rückkehr in
dieses haus war nix, und dabei dachte ich, hier geht es richtig ab, sagt
man das nicht von den Wilden?
Salix streckt sich aus und zieht die decke über sich. geduld, kleiner
hase. warten ist eine sklaventugend. ich erwarte von dir, daß du auch
dann die finger von dir läßt, wenn ich nicht da bin. du weißt, du gehörst mir, du hast es so gewollt, und darum lernst du nun warten.
sollte ich dich erwischen, kommt wieder pranger und käfig — sie
schnurrt wie eine katze — und wir fangen praktisch von vorne an. sei
geduldig, und die befriedigung kommt bald in reichweite.
sie schließt die augen und atmet tief.

TOTALE

pranger und käfig. das ist doch was.
er vergißt, wie ihm die knie wehtaten. kann er es hier wagen?
nebenan ficken sie. kein zweifel. zwischendurch klatschende ge-
räusche. die glücklichen. wo mache ich es? im bad ... sie wird
wach, wenn ich aufstehe.
umdrehen und ganz vorsichtig. sollte doch klappen.

CLOSE-UP

ich sollte es nicht tun.
seine wimpern flattern nervös. er drückt seinen schwanz ein wenig
runter, es mindert den druck. er dreht sich um, zieht die beine an und
klemmt ihn dazwischen. er legt die arme gekreuzt über den kopf und
stellt sich vor, sie seien gefesselt. das macht es ihm leichter. schreckliche klemme! ich gehöre ihr, sie kontrolliert meine sexualität — eben
dieser gedanke treibt ihm schon wieder das blut in den unterleib.
er beobachtet ihr gesicht.

langsam öffnet sie ein auge.
sie war die ganze zeit wach.

TOTALE

sie steht auf, fordert ihn auf, sie gehen ins bad, er muß pinkeln,
aber sie geht nicht weg. er tritt von einem fuß auf den anderen. ja
— was?? herrscht sie ihn ungeduldig an. du hältst dich doch wohl
nicht für den kaiser von china, daß ich rausgehen soll?
und noch einen anranzer kriegt er. wie? was hast du vor?? hinset-
zen!
hinterher muß er sich über das waschbecken beugen, die beine
leicht gespreizt; sie faßt mit raschem griff seine hoden und läßt
etwas zuschnappen, ein stahlring ist es, der sich fest um seinen
sack legt, er ist so dick wie ihr kleiner finger und entsprechend
schwer. sie führt ihn vor den großen spiegel: schau mal — schön,
nicht? damit du nicht vergißt, wem du gehörst ...
das würde ich auch so nicht. — sie grinst ein wenig ungläubig.
nun geht es durch einen raum, in dem eine waschmaschine steht,
in die kleiderkammer. rundum schränke und regale. auf dem bal-
kon trocknen sachen, überwiegend schwarz.
jeder nimmt, was er braucht, niemand hortet dinge in seinem
zimmer. ein paar der sachen sind prächtig gewebte tücher. die sind
für die Herrinnen.
er bekommt hose, trikot, socken, weiche schuhe. sie werden ihm
nicht wirklich gehören, die sachen, sie werden gewaschen und in
die kleiderkammer gehängt.

sie wird ihren tee zusammen mit Bellatrix auf der veranda nehmen.
die damen haben nach dem bad prächtige tuchgewänder angelegt,
schwarz und bunt das eine, rot mit gold das andere, und sie sitzen
auf den kissen und schmusen. kaleb steht da und wartet, bis sie
das wort an ihn richten. sie sind wie löwinnen, die mittags im
schatten dösen, denkt er, sie schnurren, aber wenn Salix gähnt,
sieht man das perfekte gebiß und hört die zähne mit einem leisen
klack zusammenschnappen.

40

endlich schaut seine Herrin ihn an. ja? — Herrin, welchen tee möchten die damen? ja, hier muß er nach ihren wünschen fragen, denn beim nachmittagstee probieren sie gern verschiedene sorten. er lernt, wie man einen guten yogitee macht, einen mit vielen gewürzen, der gekocht wird und richtig scharf schmeckt, dann läßt man ihn kurz mit milch aufwallen. Bellatrix bevorzugt den, weil er wärmt. dazu gibt es kleine schnitten, die sie ihnen streichen müssen. wäre es nicht einfacher, wenn sie sich die selber ... ja, ich sag ja schon nix mehr, murmelt er, als er targis blick sieht.

während die damen tee trinken, besprechen sie pläne. der keller soll ausgebaut werden. ein arbeitszimmer wird gebraucht. der garten muß umgestaltet werden. währenddessen steht kaleb da, die hände auf dem rücken, den blick gesenkt. nach ein paar minuten hört es auf, ihm blöd vorzukommen. noch gurkensandwiches — und er sprintet in die küche und besorgt sie.

danach hat er eine stunde frei.

vorsichtshalber erkundigt er sich bei targi, was er darf und was nicht.

er nimmt die ohrringe raus, zieht jeans und eine unauffällige graue jacke an, setzt eine schirmkappe auf und geht in die stadt. das sind sieben minuten fußweg. er will sich ein buch kaufen. vor dem laden fällt ihm ein, daß er kein geld hat. er hatte nur ein paar mark übrig, die waren in der tasche seiner jacke, und die ist in die kleiderkammer gegangen. er schlendert über den marktplatz und die fußgängerstraße entlang. alles scheint ihm anders. er schaut nach Wilden aus — oder nach cros, die bei ihnen leben, so wie er.

CLOSE-UP

jedesmal, wenn er droht, in normalität zu verfallen, erinnert ihn der ring zwischen seinen beinen daran, wem er jetzt gehört. bei jedem schritt. und auf seinen schlüsselbeinen liegt die schwere stahlkette. er fühlt sich beschützt und glücklich.

er trifft einen kommilitonen, der hat ihn am vormittag beim seminar vermisst.

kaleb lächelt geheimnisvoll.
eyh, du hast 'ne freundin? kaleb nickt.
ja, wann lernen wir die denn kennen?
da haben wir's.
ich frage sie mal, lächelt er.

TOTALE

bring sie doch sonnabend zu werners party mit!
das fehlte noch.
trinkst du einen kaffee mit mir, wir haben uns lange nicht getroffen.
kaleb schaut auf seinen linken arm, der ihm allerdings die zeit nicht verrät. doch die kirchturmuhr sagt ihm, daß er in 15 minuten wieder in der villa sein muß.
du mußt doch nicht schon wieder los? sag mal, ich hörte, du wärst inzwischen bei den Wilden gewesen?
verdammt! wo in aller welt hat er das her? ach, ja, mamas frisör ist ein multiplikator für nachrichten. der sollte sich als filiale von reuters bewerben.
wie bist du denen denn entkommen?
sie haben mich ausgespuckt, ich schmecke nicht, ich bin bitter. du, sei nicht böse, ich muß weiter. bis sonnabend, okay?
wie er das machen will? das wird er noch regeln.

CLOSE-UP

bei seinem eiligen schritt bewegt sich der ring wie ein knethaken.

TOTALE

nach seiner rückkehr muß er Salix beim ausräumen des kellers helfen. auch das noch. das hat doch so gar nichts mit seinen leidenschaften zu tun. er denkt nur darüber nach, wie er sich drücken kann. sie philosophiert darüber, wie es möglich ist, daß eine gesellschaft, die eigentlich kein privateigentum kennt — aha! das wußte ich noch gar nicht! — so unendlich viel kram ansammeln kann. in den nächsten tagen wird seine aufgabe sein, einige alte möbel vom lack zu befreien und abzuschleifen. wenigstens ist ishi auch da, der hat eigene aufgaben im keller.

schön, dann kann er den noch einiges fragen.

allerdings ist er immer ein bißchen einsilbig, wenn sie gemeinsam arbeiten. targi ist da auskunftsfreudiger.

beim abendbrot dient heute ishi. kaleb kann ausruhen. man zieht sich um zum dinner. Salix will ihren sklaven in einer art toga sehen, einem gewand aus schwarzem stoff, silbern bestickt, das man um den körper wickelt und über eine schulter wirft. heute will sie ein bißchen mit ihm protzen. targi hilft ihm beim anlegen.

CLOSE-UP

melek und tongpa waren gekommen. gute freunde. melek, eine cro, war lange zeit in der psychiatrie gewesen, als jede kritik an der regierung auf diese weise beantwortet wurde. sie war überschlank, war damals stockdürr gewesen, denn sie hatte durch fasten die aufnahme von psychopharmaka verhindert. sie hatte löwenzahnwurzel ausgegraben und regenwasser getrunken.

TOTALE

sie waren sehr nett und wollte vieles von kaleb wissen. er war ein wenig abgelenkt. was er studierte? ... werde ich denn überhaupt weiter studieren? bin ich nicht jetzt sklave? sie lachten. und ihm kam der schreckliche verdacht, daß er ja doch einen beruf würde lernen müssen.

CLOSE-UP

ich sitze wie die katze vor dem mauseloch. die gäste sind gegangen. wird sie mit mir spielen? werden wir endlich sex haben — und wenn, wie? sie hat doch auch bedürfnisse, sagt sie. wie äußern die sich? bestimmt wird es wieder nichts, es dunkelt, sie geht dann immer zum dienst.

oder sie übt bogenschießen in ihrer dienststelle. und selbstverteidigung.

er streicht über den schönen stoff und die stickerei
ob das von hand gemacht ist?

TOTALE

Salix kommt in chaps und leder-body herein. scheiße, denkt kaleb,
sie geht gleich zum dienst. aber sie befiehlt ihm, die toga abzule-
gen und sie schön ordentlich zu falten. er tut es und steht nackt
vor ihr. bis auf halskette und ring.
ich muß dich eichen, sagt sie.
was soll das denn heißen?
sie zieht einen vorhang weg, der im wohnraum etwas verbirgt, ein
regal, eine tür, ein fenster, kaleb hat sich nie gedanken darüber
gemacht.
ein schräges kreuz aus dunklem holz wird sichtbar. es hat löcher
und stahlringe; Salix holt seile aus einer kommodenschublade und
zieht sie durch die löcher im holz. mit großer sorgfalt wickelt sie
das seil an seinen armen und fußgelenken zu dicken manschetten.
er fühlt ihren heißen atem an seiner wange. sie ist größer als er.
dann verbindet sie seine augen. ist das okay? er nickt.

CLOSE-UP

Salix, was findest du so besonders an cros? du stehst doch irgendwie
auf sie.
ja, nicht generell, aber dieser ist einfach entzückend.
weil er dich fürchtet?
klar. das vor allem.
irgendwann wird er dich nicht mehr fürchten. wird er dann uninteres-
sant für dich?
ach, targi, ich glaube nicht. ich kann immer noch härter werden.
ich weiß, Salix. aber du wirst ihn ja nicht zuschanden schlagen wollen...
das muß ich nicht, es gibt immer eine nahtstelle zwischen geil und
unerträglich, sie rückt nur höher.

iv.

frevel

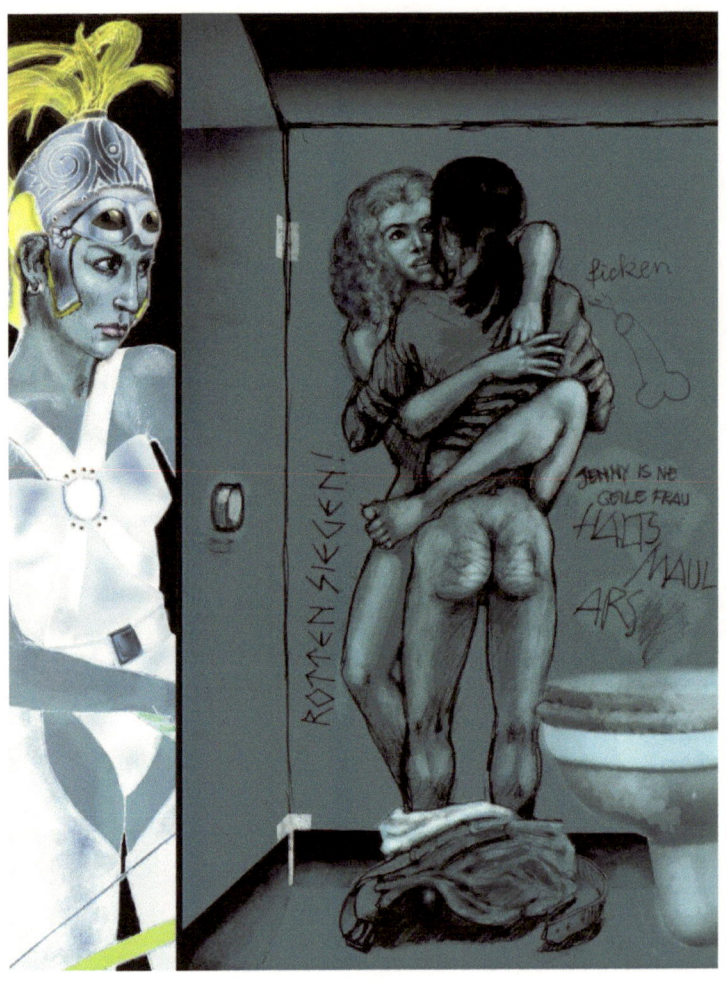

TOTALE

wirst du es fertigbringen, mir wahrheitsgemäße auskunft zu geben, kein gequatsche, keine ablenkung?

ich versuch's, meine Herrin.

ich möchte von dir hören, wie hart du jeden schlag empfindest, auf einer skala von eins bis zehn. eins heißt, merke ich kaum. zehn heißt: kann ich nicht ertragen.

sie fängt vorsichtig an.

nullkomma eins.

kasperkram! ich möchte ganze zahlen hören!

er beginnt bei eins. dann: zwei — zwei — zwei — zwei — zwei —

das wird er büßen.

sssssst—twatsch.

huaaaah, bist du wahnsinnig? brüllt er.

wer darf seine Herrin fragen, ob sie wahnsinnig ist?

er entschuldigt sich.

gleich gibt es noch einen von der sorte.

zehn? fragt sie ungerührt.

zwölf! seine stimme rutscht aus.

sie tritt zu ihm und reibt seine hinterbacke. alles okay? sie wandert mit den lippen über seine schultern. der zarte flaum!

weiter. wann immer er glaubt, ihr imponieren zu müssen, büßt er es.

CLOSE-UP

ein purpurner gürtel zieht sich über seine hinterbacken, flankiert von ein paar kecken pinkfarbenen strichen, flott und rasch drüber- und druntergezogen. einmal hat sich die spitze bis zum oberschenkel gebeugt; das hat ihn tränen gekostet.

nun verschließt eine sanfte hand seinen mund: ich weiß nun genug, sagt sie an seinem ohr. da betet er, sie möge nicht aufhören.

das tut sie auch nicht. gleichmäßig und fortwährend gesteigert trifft sie ihn. er beginnt in den seilen zu schaukeln.

TOTALE

targi und Bellatrix sind unbemerkt dazugekommen. sie schauen sich und Salix an und lächeln. Salix macht weiter, ganz gleichmäßig fallen die schläge. Bellatrix macht einen kleinen wink, einen vorschlag, den Salix schon kennt und darum sofort versteht, sie reicht ihr den stock, und Bellatrix setzt ein paar gut gezielte striemen, die ihm ein hohles jammern entlocken, er bäumt sich auf, sie schaut, er schaukelt weiter. Salix schaut ihn von der seite an, sie genießt es, sein gesicht zu sehen, während er leidet.

Salix streicht über seine wange. ein ruck geht durch ihn, er hat begriffen, daß sie nicht allein sind.

CLOSE-UP

du kannst sie alle nicht mehr mit schlägen strafen, sobald sie es entdeckt haben —

das fliegen —

ja.

sobald sie drauf surfen können, ist das kein erziehungsmittel mehr.

kein problem. je gieriger sie sind, desto mehr gibt es, womit du sie strafen kannst. ignorieren, untätig wegsperren, moralpredigten, da bleibt genug übrig. wir haben kein monopol auf endorphin.

wenn man es ihnen vorenthielte ...

wer begabt ist, soll das lernen. das darf man ihnen nicht vorenthalten, targi ... und außerdem bekommen die meisten es von selber heraus.

wie willst du das verhindern?

aber das hast du nicht ernst gemeint, oder?

TOTALE

Salix genießt seinen anblick. Bellatrix und targi ziehen sich wieder zurück, schönen abend noch! flüstert Bellatrix.

kaleb steht nun wie angewurzelt.

du hast andere reingelassen! entschlüpft es ihm. gleich darauf wieder die angst, er hat sich im ton vergriffen.

lob oder aufbegehren, was soll das sein? das fragt sie ihn nun.

er windet sich und will lieber doch nichts sagen. sie knufft ihn.
los, sag mal, hast du ein problem?
das war nicht abgesprochen! das ist peinlich! murmelt er mit gesenktem kopf.
sie läßt ihn so angebunden stehen.
er steht da, zwischen schweben — immer noch — und ein wenig empörung. die augen sind verbunden; er dreht den kopf in die richtung, in der er sie vermutet. gott, er ist so süß! wieviel spaß sie noch mit ihm haben wird!
sie sinkt auf das sofa, öffnet ihren body und massiert ihre klitoris. die ganze zeit dabei schaut sie ihn an.
hey! sag was! lass mich nicht so stehen!
er hört sie nur leise lachen, dann stöhnen.
sie stöhnt lauter. er ahnt, was sie da tut.
ffffffffff — macht sie endlich, und: hah, das war gut.

dann ist Salix zur arbeit gegangen. sie hat ihn, bevor sie ging, lange und zärtlich geküßt. ihn freizumachen, überließ sie ishi, der sich nicht ohne eine gewisse häme daran macht, die seilwickel zu lösen. gemeinsam ordnen sie die seile und verwahren sie in der schublade. er solle sich anziehen — komisch, wieso kann ishi mir das befehlen? aber kaleb ist offenbar an unterster stelle in der hierarchie des hauses.
Salix hat heute die schicht von mitternacht bis acht uhr und wird dann heimkommen, ein bad nehmen, frühstücken und ein paar stunden schlafen.
kaleb sitzt noch eine weile im sofa im wohnraum.

CLOSE-UP

er hört, wie die anderen schlafen gehen.
er läßt den tag an sich vorbeiziehen. noch immer keine befriedigung. allein hätte er sich's schon dreimal gemacht. jetzt wäre gelegenheit. er wandert zum spiegel und windet sich, um die striemen zu sehen. einige wenige stechen hervor, der rest ist gleichmäßig gerötet. er fährt mit der flachen hand drüber. und er entdeckt, daß er stolz darauf ist. wo-

her dieser stolz, fragt er sich. aber das ist einfach: es ist der beweis, daß es passiert ist. seine träume sind wahrgeworden. er lebt wild, wie er es schon lange wollte. er könnte es vorweisen, aber sie würden ihn für verrückt halten. dennoch: er tut es, hier ist der beweis, er ist ein held.

und noch etwas wird eine heldentat sein: wenn er sich im zaum hält und tut was sie sagt. wenn er die gelegenheit vergehen läßt, sich einen runterzuholen. ich muß nicht in den käfig, ich brauche keinen pranger, denn ich habe verstanden.

jetzt kann ich schlafen gehen.

wenn ich denn müde wäre.

TOTALE

kaleb hat sich angezogen, jeans, pulli, sportschuhe, jacke, schirmkappe, und zieht los. bis zum morgen wird Salix weg sein. kaleb hat zeit. und er weiß nun auch, was er tun wird.

wenn er sich beeilt, wird er zum höhepunkt der party erscheinen. werner ist eine traditionelle studentenkneipe. und es geht hoch her dort, fast hat er hemmungen einzutreten. aus der stille, aus der sensiblen andacht im sturzflug in lärm, zigarettenrauch und das gedränge menschlicher körper.

das fremdeln ist rasch vorbei, als ihn seine kumpels begrüßen. wo er denn die ganze zeit gesteckt hat? das wort paßt irgendwie. der käfig erscheint vor seinem inneren auge.

meine neue freundin ist sehr besitzergreifend, erklärt er wahrheitsgemäß. wo sie denn sei? nachtdienst. und indem er seinerseits die anderen ausfragt, entgeht er ihrer neugier. zwischendurch spürt er die empfindlichkeit seiner kehrseite und den druck des rings zwischen seinen schenkeln. unter seinem pulli liegt die kette schwer auf seinen schultern. er ist stolz drauf, aber was ist stolz, wenn man ihn nicht teilen kann? sein wunsch, das irgendjemandem zu erzählen und zu zeigen, wird immer größer.

CLOSE-UP

und den trägst du immer? staut sich da nicht das blut?

nein, er ist weit genug, es geht ganz gut.

aber der ist doch schwer ...

das ist okay, ist sogar ein tolles gefühl.

kathi betastet das wunder vorsichtig.

kathi ist kalebs ex-freundin.

geht das nie mehr ab?

doch, klar, da ist ein kleines schloß drin und ein scharnier.

und wer hat den schlüssel?

sie

wer — sie?

die Herrin. er zeigt ihr die kette. die löcher in seinen ohrläppchen. das sind die zeichen, daß ich ihr gehöre.

TOTALE

das mädchenklo ist ein prosaischer ort zum ficken. irgendwie fällt es ihm nicht mehr auf. sie hat gemurmelt: das ist ja so krank, was du da machst, das ist so pervers ... und dabei hat sie fast ihren slip zerrissen in den bemühen, ihn loszuwerden, und hat ihre nasse pussy gegen ihn gedrängt. die und ihr kleiner freund haben sich immer schon besser verstanden als die dazugehörigen köpfe. sie haben den weg zueinander gefunden, als würden sie im dunkeln leuchten. kaleb und kathi haben gerammelt, daß die dünnen trennwände schepperten und eine genervte weibliche stimme ein paar boxen weiter feststellte: also, man kann's auch übertreiben!
schwer atmend lehnt er sich auf ihre schulter und erlangt einen moment der ernüchterung. gott, wieviel habe ich getrunken? war doch nicht so viel, die weizenbiere, die lütt un lütt, wie das gedeck aus bier und schnaps in norddeutschland heißt ...
kathi putzt sich mit klopapier ab.
sie entdeckt die striemen auf kalebs hintern. gott, was ist das denn? habe ich dich zerkratzt?

nein, das warst du nicht. das ist nichts — im vergleich zu dem, was ich mir soeben hier eingehandelt habe, denkt er.

eilig zieht er seine hose hoch.

wer ist pervers? fragt er sich auf dem rückweg in die gaststube. zu besoffen zu sein, um zu merken, wie ich dazu komme. und in dieser kartonzelle, im gestank, da tu ich das, worauf meine Herrin mich langsam in heiligen ritualen hinführen will, zu langsam, fürchte ich ...

ich bin doch komplett bescheuert. ihre geschenke zeige ich dieser cro-frau, die pünktlich breittreten wird, was ich drunter trage.

der gang verengt sich und schwankt, als befände er sich in einem schiffsbauch. kaleb stößt gegen eine getränkekiste. noch ein blauer fleck. auf den wird er nicht stolz sein. eins ist nur klar: er wird sich so schnell wie möglich auf den heimweg machen.

das wird vereitelt.

kathi dreht in der tür zur gaststube um und flüstert ihm zu: geh besser nicht durch die gaststube, rudi und ein paar andere von der rotte wollten noch kommen, die sind inzwischen da!

also schaut kaleb nach dem notausgang. wegen der vielen zechpreller hat werner ihn mal wieder abgeschlossen. er steht am tresen. vielleicht könnte kathi ...

sie kommt mit der nachricht wieder, daß die volksgenossen am tresen sitzen.

und sie unterhalten sich darüber, daß sie ein paar verräter abstrafen werden. auch kalebs name sei gefallen.

es hat sich also herumgesprochen.

kaleb hat eine verzweifelte idee. die nummer von Salix' dienststelle. warum hat er sie nicht bei sich? kathi soll das telefonbuch holen.

es ist peinlich, Salix anzurufen, verdammt peinlich. und nach diesem fehltritt bringt es ihn beinahe um. aber mit diesen typen ist nicht zu spaßen.

mit fliegenden fingern blättert er die dünnen seiten durch. die zeilen tanzen vor seinen augen. wenn jetzt einer von denen pinkeln muß, kann kaleb nur in die mädchentoilette flüchten.

die tür fliegt auf. Salix schaut in den gang und entdeckt kaleb mit dem telefonbuch. er fährt zusammen. ein kleiner zackiger wink mit der hand: er ist an ihrer seite.
gottseidank, meine Herrin, du kommst gerade noch rechtzeitig! raunt er ihr zu.
nein, ich komme zu spät! faucht sie, aber darüber reden wir noch.
kaleb schaut nicht rechts, nicht links, als er rasch die gaststube durchquert. im augenwinkel sieht er nur, daß die jungs von der rotte sich nicht rühren. die szene ist wie eingefroren. nur er mit Salix hinter sich bewegt sich hindurch, sie mit scharfem blick und der hand an der streitaxt, wie er im spiegel sieht. der helm, der roßhaarbusch darauf, die fast handbreiten lederriemen, die pfenniggroßen nieten. der bogen, der pfeilköcher, wo hat sie die? eine zweite Erynnie verwahrt sie neben der tür. sie gehen immer zu zweit streife. so ist es noch peinlicher. alle starren ihn an, wie er so von der zornigen kriegerin verhaftet wird.

CLOSE-UP

schweiß läuft in strömen über kalebs gesicht
mildes licht kommt durch ein winziges fenster
ein busch birkenzweige mit laub dran klatscht auf seinen rücken
Salix hält inne und gießt eine kelle wasser auf die heißen steine.

TOTALE

Salix ruht auf der liege und bekommt von ishi ein glas met serviert
kaleb kann sich eins vom tisch nehmen
er wickelt sich in ein badetuch und frottiert seine haare
niemand sagt ihm, was er tun soll
unschlüssig steht er da, die augen gesenkt.

CLOSE-UP

möchte sie ihm doch sagen, was er tun soll! er wagt nicht, sich zu setzen oder gar auf die andere liege zu legen
immerhin ist er nicht ausgestoßen
denn selbst das hatte er befürchtet
sie könnte ihm kette, ring und ohrringe wegnehmen
ihm kündigen, ihn fortschicken
es wäre das ende
beim frühstück bleibt ihm jeder bissen im hals stecken
er schaut zu ihr
sie isst mit gutem appetit und legt sich auf ein paar stunden zur ruhe

er studiert ihr gesicht
ihr atem geht ruhig
man sieht nicht, ob die augen ganz geschlossen sind oder noch einen
spalt geöffnet
er wagt nicht, sich zu rühren
dies sind die längsten vier stunden seines lebens
unten lärmen ishi und targi
Salix seufzt und ändert ihre lage. kaleb liegt wie auf kohlen

nur nichts falschmachen! er fleht um befehle. anweisungen. einzige
form der beachtung, die er jetzt erwarten kann. wirf mich nicht in die
hölle von stunden der ungewißheit! lege deine zuwendung um mich
wie einen warmen mantel. das ist das gebet eines sklaven an seine
Herrin. gleichgültigkeit tötet.
sie stehen auf, beide irgendwie kraftlos und unausgeruht.

TOTALE

geh hilf den jungs beim mittagmachen, sagt sie. dankbar springt er
in seine kleidung und läuft in die küche.
er dient ihr bei tische.
sie läßt sich nichts anmerken.

CLOSE-UP

er ist wie eingeschnürt und bringt keinen bissen herunter. sprich zu mir! fleht er stumm. du hast mich gehört, als ich in der patsche saß, und hast mich herausgeholt. rette mich aus dieser not durch ein wort!

TOTALE

es wird schon dunkel, als sie endlich das wort an ihn richtet.
der gefoulte sollte keinen elfmeter schießen, sagt sie, was also soll ich tun?
er wirft sich vor ihr nieder.
alles, nur schick mich nicht fort, bitte!
komm, steh auf.
er tut es und befürchtet das schlimmste. noch ein satz, und er wird aus der rolle fallen. dann schlägt es in trotz um, dann wird er sich ungerecht behandelt fühlen. das weiß sie.
was sie nun sagt, begreift er erst gar nicht.
ich habe dich vernachlässigt.

CLOSE-UP

er ist so überrascht, daß er aufspringt und ein paar schritte geht.
dann kniet er wieder vor ihr nieder und senkt die augen. erstmal hören, was sie zu sagen hat.

TOTALE

ich könnte dich strafen, aber ich wage es nicht, wenn mir die wut den arm führt. ich könnte dich verletzen.
er schüttelt stumm den kopf.
ich möchte es für dich ertragen.

ishi kommt vergnügt herein und ignoriert ihre blicke.
rache ist ein gericht, das man kalt genießen sollte, bemerkt er und beginnt, die blumen zu gießen.

übrigens ist dies meine letzte amtshandlung, madame, ich ziehe aus. und, kaleb: lass dir bloß nicht erzählen, sie wäre eine heilige. tschüß also.

geht ab.

CLOSE-UP

es dauert einen moment, bis kaleb merkt, daß der blick seiner Herrin in seinen gesunken ist
lange verweilt er darin und taucht endlich wieder auf
ich tu's, sagt sie, aber Bellatrix wird aufpassen, das ist vorschrift, wenn eine von uns straft, weil sie gekränkt wurde

TOTALE

ishi wird von neuen freunden abgeholt, er schultert seine magere habe und geht ohne pathos.
unterdessen verschnürt Bellatrix kaleb am kreuz, während targi das geschirr abräumt.
Salix kommt herein. sie schließt alle türen und verbindet ihm die augen.
heute gibt es kein gnadenwort, sagt sie. ich will blut sehen. Bellatrix und ich sind allein in der lage zu beurteilen, ob du es aushältst. ich erwarte von dir keine hilfestellung. ich will, daß du den mund hältst, solange es geht, aber ich werde dich nicht knebeln, ich will dich hören, wenn du nicht anders kannst. das programm heißt 'rohrstock unschön'. ich nehme keine rücksicht. wir fangen an.

CLOSE-UP

seine ohren müssten so groß sein wie teller, und er starrt ins dunkel seiner augenbinde. er atmet schwer in erwartung des ersten schlages.
schon der kommt mit einem pfeifen und ist unerträglich. gegen seinen willen gibt er einen jammerton von sich.
mit gleicher stärke fallen sie wieder und noch einer.

wenn nicht das wunder geschähe, das in der chemischen umwandlung von pein in seligkeit besteht, er müßte in ohnmacht fallen vor schmerz

heute kann er nicht schritt für schritt aufsteigen wie sonst, sondern er rudert verzweifelt, um an die oberfläche zu kommen

seinen hintern überzieht eine gänsehaut, und es beginnt zu klingen, als schlüge sie auf holz

kaum hat er zeit, einen schlag aufzulösen, als schon der nächste kommt

nur der gedanke rettet ihn, daß er es für sie leidet und um ihre liebe neu zu erobern

CLOSE-UP

er ist mutig, sagt Bellatrix

Salix läßt den stock sinken und tritt zu ihm

er fühlt ihre hand in seinem nacken

sie küsst ihn

nicht wahr, du kannst noch mehr für mich ertragen

ich will, daß schon der gedanke an eine andere frau dein blut gefrieren läßt

sie faßt seinen kopf fest mit beiden händen, beißt ihn an einem winzigen punkt in die lippe und saugt sein blut, dann läßt sie ihn wieder los

ich will, daß es fließt sagt sie, dein blut, deine tränen, aber nicht dein sperma, das behalt schön für dich

nur wenn du brav bist, gibt es schönen rohrstock.

er fühlt, wie ihm speichel und blut das kinn runterlaufen

der reigen der instrumente. riemen, katze, paddel, weidenrute, rohrstock, einsträngige peitsche, gummistock

in zukunft werde ich dafür sorgen, daß du nicht geil bist, wenn du meine strafen erträgst, denn das macht es dir zu leicht

auch aus den striemen auf seinem hintern treten schon granatrote perlen. die haut wird violett

sie verschont auch seine schultern nicht, endlich fließen seine tränen

schlag um schlag verhindern sein denken

nur eins hat er gehört: zukunft

V.

unterwerfung

TOTALE

und hat er dir gedankt? fragte Bellatrix, die sich gegen ende der bestrafung leise entfernt hatte.

oh, ich glaube, das konnte er gar nicht mehr, entgegnete Salix, und das wäre ihm wohl auch nicht in den sinn gekommen, für eine solche bestrafung zu danken. noch nicht.

wo ist er jetzt?

CLOSE-UP

blut und speichel sind auf seinem kinn getrocknet, tränen auf seinen wangen. als sie die seile löst, sinkt er in ihre arme. sie fängt ihn auf: alles okay? er lächelt und nickt mit geschlossenen augen. sie hält ihn und genießt sein driften, als sickerte es über seine haut und ihre haut in ihr herz, ein kriechstrom der lust

hautfarbe? blass, aber nicht bleich

temperatur? gut durchwärmt

striemen? vereinzelt am ganzen körper, zu einer blauroten fläche zusammengeschmolzen auf dem hintern

atmung? ruhig

gesichtsausdruck? überirdisch

schließ mich weg, bat er, und sie brachte ihn nach oben und steckte ihn in den käfig, er liegt auf der matratze und ist mit der grauen, rauhen wolldecke bedeckt. seine hände sind außerhalb des käfigs durch verschlossene ledermanschetten gesichert.

TOTALE

schaffen wir alles ohne ishi? fragt Salix.

Bellatrix schwenkt einen brief. ishi hat seinen halbbruder ainu angerufen, Freydux kommt mit ihm für ein paar monate.

CLOSE-UP

die sonne scheint herein. kaleb blinzelt. da liegt ein arm auf dem käfig. ein mit hellem flaum behaarter männlicher arm. kaleb dreht sich, soweit es ihm möglich ist. ein freundlicher, blonder irokese mit schrägen, graugrünen augen schaut ihn an. hallo kaleb, ich bin ainu. ich springe für ishi ein bei euch. frühstück ist fertig. er nimmt die schlüssel vom nachttisch und befreit kaleb.

TOTALE

im bad. volle blase! gerade noch geschafft.
rasch wirft er einen blick in den spiegel.
dann kommt ainu mit der schürze, abmarsch richtung küche.
targi ist aufgeregt. so kennt man ihn gar nicht. er nimmt kaleb beiseite.
gleich lernst du Freydux kennen.
er macht ein oberwichtiges gesicht.
kaleb muß lachen, hält aber inne, denn der biss in seiner lippe spannt schmerzhaft.
und? wer ist das?
targi schaut kurz zu ainu hinüber, der äpfel für das müsli schneidet.
eine leibwächterin des dogen.
so. na, fein.
aber nun trommeln die verhaltensregeln auf ihn nieder. sie nicht ansprechen, sondern warten, bis du angesprochen wirst. jede antwort: ja, madame, nein, madame. begrüßung: eine tiefe verbeugung mit den händen auf den oberschenkeln. den schnickschnack mit zehen küssen kannst du bei deiner Herrin machen, wenn du mit ihr allein bist.
während sie essen, stehst du dabei mit den händen auf dem rükken. der blick bleibt gesenkt. speisen von links, getränke von rechts. Freydux trinkt milchkaffee ohne zucker und ißt toast ohne butter mit putenbrust. ainu macht die schnitten für sie. mit den anderen damen weißt du ja bescheid.
kaleb hat keine zeit, seinen eigenen hunger zu bemerken. sie tragen auf.
im flur stehen hochschäftige stiefel und eine elegant geschmiedete hellebarde. Freydux ist in leder, chaps, body, harness. dieses will

sie nun ablegen, Salix hilft ihr dabei. ihre haare sind extrem kurz und dunkelblond, sie ist ungeschminkt und sehr hübsch.

ah! dein sklave? sie mustert kaleb. sehr nett. nachdenklich schaut sie hinter ihm her, er fühlt ihre blicke auf der lücke in seiner schürze.

er braucht noch allerhand schliff, bemerkt Bellatrix.

sieht ja aus, als hätte er gerade welchen bekommen.

sie reden, als sei er nicht dabei!

möchtest du lieber, daß wir es hinter deinem rücken tun? fragt Salix.

nein, meine Herrin, entgegnet er mit gesenktem blick.

du mußt wissen, fährt Salix fort, er hat sich außerhalb herumge-trieben und seine ex gepoppt. noch dazu in einer kneipe, wo man raucht und säuft und wo sich die rottenschweine treffen. natürlich mußte ich ihn raushauen.

ach, du meine göttin! aber wenigstens ist er ja im kreis.

ja, das ist er. seine hilferufe waren nicht zu überhören. und vorher seine lustschreie auch nicht.

was? das traut der sich? du hast ihm das doch wohl ausgetrieben!

na, ich hoffe doch.

er hat ohrringe, kette, ring, und geht fremd ...

er hat's gebüßt. gut jetzt.

hast du denn schon einen namen für ihn?

ich finde kaleb ganz schön.

es klingt aber doch sehr nach cro.

und so plaudern sie wie die schwalben auf dem draht.

kaleb aß mit ainu und targi in der küche. ainu parodierte die da-men sehr gekonnt. mit ihm wird es lustig. beim lachen riss schon wieder die stelle an kalebs lippe, ausgerechnet in dem moment, als er wieder hereingerufen wird, um ihre getränkebestellungen aufzu-nehmen. Salix bemerkt es sofort.

komm her, sagt sie, targi bedient weiter.

CLOSE-UP

sie zieht kaleb an sich, faßt sein kinn — er sperrt sich ein wenig, was hat sie vor? sie saugt an seiner lippe, sie massiert sie mit der zunge. der schmerz verschwindet.

sie läßt ihn nicht aus ihren armen, bettet seinen kopf an ihrer schulter und plaudert weiter mit den anderen damen. sie spielt mit ihm wie mit einem püppchen, nimmt seine hand und schaut sie an. Freydux zieht sie zu sich rüber, betrachtet die handfläche und murmelt beifällig lobsprüche über dinge, die er noch nie hat loben hören. was ist eine lebenslinie, und was daran kann schön sein?

seine augen sind halb geschlossen, er genießt es, wie sie ihm über den kopf streicht, sklaven, so sagt sie, müssen sich einfach mal klein fühlen können, und wenn sie am abend vorher haue bezogen haben, wollen sie verstärkt auf den arm.

durch kaleb geht ein ruck

wie kann sie so über ihn reden? er öffnet die augen und sieht sich um, denn er nimmt an, daß die damen ihn anstarren — richtig. und tief badet sein blick in dem von Freydux — bis Salix, die das spürt, ihm die hand auf die augen legt. denn Freydux' stirn begann sich schon ein wenig zu kräuseln über so eine kühnheit

das also war eine prüfung, kein flirt

aber es wird noch schlimmer

wann wirst du ihn denn in dein bett lassen? fragt Freydux ganz ungeniert

TOTALE

statt einer antwort schiebt ihn Salix von ihrem schoß und gibt ihm einen klaps, er soll aufstehen und den anderen beim abwasch helfen.

dabei erzählt ainu, seine Herrin hätte bis zu ihrem neunzehnten lebensjahr bei den cros gelebt, hätte nicht gewußt, daß sie eine Wilde ist, war nur in der schule mehrfach dafür bestraft worden,

daß sie heimlich die ohren ihrer mitschüler durchstach und sich
auch im tätowieren versuchte. dann kam ein rückkehrer ...
einer, der die Wilden wieder verlassen hat? wunderte sich kaleb.
nicht freiwillig. das war im krieg gegen das alte regime, als die
rotten noch dem innenminister unterstellt waren. damals wurden
viele, die zu den Wilden gingen, zurückentführt und von der polizei verschleppt. das ist eine lange geschichte. also: Freydux nahm
dann kontakt mit den Wilden auf und wurde als eine der ihren
erkannt. sie begann ein training als Amazone, stieg auf zur Erynnie und endlich kam sie in die guardia ducale. sie hat mich geret-
tet.
er schaut ainu fragend an.
ich war wirklich in gefahr, sagt er, ich war dabei, mich zu überhitzen, und sie hat mich geritzt ...
kaleb sieht parallele narben auf ainus schulter und brust.
... mein blut floß, ich kühlte ab, ich konnte schlafen.
sie sagte mir, ich dürfe das nicht.
hast du es versucht?
kaleb nickt.
nur sie dürfen das tun. es ist ein heiliges ritual.

Salix ist schon wieder im kampfanzug. frühdienst. sie ruft kaleb zu
sich, betrachtet die stelle an seiner lippe und leckt noch einmal,
zweimal drüber. sie inspiziert auch die anderen stellen, wo die
haut geplatzt war, leckt ihren finger an und streicht darüber.
die leichteren striemen verschwinden schon, er bedauert das.
kann ich denn nun geduld von dir erwarten? fragt sie ihn mit sanf-
ter stimme.
er senkt den blick. er will nicht versprechen, was er vielleicht nicht
halten kann.
du nützt mir wenig, wenn du den ganzen tag im käfig steckst,
fährt sie fort, vielleicht ist es eine tolle vorstellung, und ich kann
dich so natürlich keusch halten. aber ich brauche deine hilfe, ich
brauche einen mündigen sklaven, einen, der nicht nur dienst nach
vorschrift macht, sondern dessen unterwerfung mit disziplin ver-

bunden ist. ich habe wenig sinn für solchen spielkram wie mechanische mittel. so wird dein verlangen nur umso größer. darum lieben sklaven dergleichen. aber auf so einen sklaven kann ich nicht stolz sein, denn solche beweisen wenig willenskraft. ich blamiere mich damit vor den anderen damen. und schließlich sollst du in wenigen monaten mein wappen, den tiger tragen.

kaleb wird rot vor stolz.

Freydux ist bereit, dich zu tätowieren. freust du dich?

danke, meine Herrin! er beugt sich zu ihrer hand, küsst sie und führt sie an seine stirn.

oh, woher hast du das? fragt sie belustigt und überrascht.

bei targi gesehen ... sagt er, darf ich das weiterhin?

sie zögert ein wenig, dann gestattet sie es ihm.

dann ging sie zum dienst.

kaleb verbringt den vormittag in der bibliothek. sie liegt im turmzimmer, das vom esszimmer abgeht, und ist glänzend ausgestattet. allein hier könnte er sein geschichtsstudium schon gut vorantreiben. und, wie er bei seiner lektüre bemerkt, hier findet er alle die bücher, die in der uni-bibliothek nicht zu finden sind. in diesen steht seite um seite das gegenteil von dem, was er bisher gelernt hat. aber es kann nicht gelogen sein, sondern löst ihm viele rätsel.

CLOSE-UP

er läßt das buch sinken. das also war der krieg.

nicht die Wilden haben die cros überfallen und den innenminister ermordet, sondern sie waren jahrelangen attacken ausgesetzt und wären beinahe ausgerottet worden

sie haben zwar den sohn des präsidenten entführt, aber dem geht es gut

und der innenminister lebt noch, ist allerdings in haft

dann kann ich mein bisheriges studium in die tonne treten

TOTALE

kochen mit targi, dann reparaturarbeiten mit ainu. der erzählt aus
der hauptstadt und von seinen verrückten zeiten. wie er nicht
mehr schlafen konnte, zuviel sex, zuviele parties, und wieviel pa-
pavers er rauchte, um wenigstens ein bißchen ruhe zu finden. wir
Wilden überhitzen uns leicht. er steigt aufs dach und macht da
reparaturen. es wird regnen! okay, sagt ainu und zieht sich aus,
damit die kleider nicht nass werden. splitternackt setzt er seine
arbeit fort. das dach muß dicht werden, sagt er.

unterdessen hilft kaleb beim kochen. targi beantwortet weiter
kalebs fragen. er erzählt ihm auch, was dieser handkuß bedeutet.
du gibst jeden widerstand auf. du versprichst ihr damit vollkom-
menen gehorsam. bist du schon soweit?
und er verrät ihm noch einiges mehr, als sie abwaschen. Salix hat
das große los gezogen, sie wird um ihren cro-sklaven beneidet —
warum? freu dich, du darfst sie lecken, die unsrigen taugen nicht
so für den job, du weißt ja, unser speichel heilt und betäubt auch
ein bißchen, das nimmt aber auch leider das schöne gefühl, und
dann noch die zähne ...
er kichert: darum, unter anderem, lieben wir die cros ...

ainu kommt vom dach und zieht sich an. er lästert darüber, wie
die beiden einträchtig kochen: das wird ja direkt spießig!
beim mittag dient kaleb. und er tut es mit der größten aufmerksamkeit. Bellatrix ist eben aufgestanden, Freydux hat in der nach-
barkommune tätowiert. hinterher isst er mit targi und ainu in der
küche.

am nachmittag ist der dozent da, ein älterer cro, der schon lange
bei den Wilden lebt. wenn du ethnografie studiert hast, wenn du
weißt, wie die völker gelebt haben, ob sie nomaden sind oder sess-
haft, ob sie eine schrift haben oder nicht, gesungene chroniken,
welche waffen, welche metalle oder stein, welche nahrungspflan-

zen und jagdtiere, ihre bilder, ihre lieder kennst, dann weißt du, welche wege sie gehen. das zweite, was du wissen mußt, ist die geografie. distanzen und klimazonen. was wächst dort, wieviel wasser ist vorhanden? welche tiere kann man jagen, zähmen, wo baut man eine unterkunft?

wenn du das alles weißt, dann ergibt sich schon fast die ganze geschichte von allein. die sesshaften haben die nomaden besiegt, die metallinhaber die steininhaber, die schriftbesitzer siegten über die inhaber mündlicher überlieferungen. aber die wahren werte haben die nomaden bewahrt und die mit den steinbeilen, die mit den gesungenen chroniken. lies weiter!

er tut es. neue welten tun sich ihm auf. das ende der mär von der überlegenen zivilisation.

CLOSE-UP

eine sanfte hand legt sich auf seine schulter
Salix ist wieder da, einen apfel kauend
hast du so lange gelesen?
es ist tief in der nacht
ja, es war so interessant, ich will alles wissen über euch

TOTALE

komm, wir gehen ins bett
er liegt neben ihr. seine augen sind geschlossen. Herrin, ich bin so geil, denkt er, du fühlst es
aber du sollst stolz auf mich sein
ich bezwinge mich
er will sie was fragen — würde es sie stören? sie öffnet die augen, er auch, und ihre blicke tauchen ineinander, dann läßt er die augen sinken
schau mich ruhig an, wenn wir allein sind! ich will in dir lesen.
darf ich dich was fragen, meine Herrin?
nur zu!
was muß ich tun, um dein wappen tragen zu dürfen?

sie lacht. ein guter sklave sein, mindestens 90 tage lang.
und was gehört dazu?
außer dem, was du schon weißt, sollst du mein perfektes spielzeug
sein.
ogottogott, ja! das will ich werden!
mit prosaischen diensten fängt es an. er massiert ihren rücken. ja,
das sei ausbaufähig. träge dreht sie sich um und spreizt die beine.
er wird rot.

CLOSE-UP

zeig mal, was du so drauf hast mit deiner zunge. na! finger weg!
sie duftet nach frischen äpfeln. wie das auch zugehen mag.
er kauert sich hin und beginnt ein wenig zaghaft. ich muß es schaffen,
daß sie kommt — das preßt ihm das herz zusammen.
sie wogt und räkelt sich wohlig. und seufzt auch. stöhnen wäre zuviel
gesagt. nett für den anfang, mag das wohl heißen. fast erstickt er in
seinen bemühungen.
danke, das reicht für den anfang.
erlöst oder durchgefallen?
aber sie schaut ihn nur an, wie er so kauert und nicht wagt, den kopf
zu heben.
bring mir die weidenrute! sie deutet auf den haken, wo eine frische
rute aus dem garten hängt, wie ishi sie immer schneidet. dann umwik-
kelt der den griff mit einem stück bast und knüpft eine schlaufe. das
wirst du in zukunft tun.
und nun komm.

TOTALE

sie nimmt die rute und schlägt einige male nach ihm. er wendet
sich rasch, um nichts auf die falschen stellen zu bekommen.
unerwartet rasch verlangt sie nach ihm. während er aufgeregt und
ein wenig verlegen beginnt einzudringen, trifft die rute ihn von
hinten, sie schlägt blind, aber sie trifft.

CLOSE-UP

aber wehe, du kommst ohne meinen befehl!

er konzentriert sich wie verrückt, um ihr zu gehorchen.

nach wenigen stößen schiebt sie ihn weg.

nicht gut? bringt er mühsam mit trockenem hals hervor. keine sorge! befielt sie ihn in die rückenlage. sie packt seine handgelenke, kreuzt sie über seinem kopf und stützt sich mit einer hand auf, während sie sich auf ihn herabsinken läßt. ihr gewicht nagelt ihn auf dem lager fest. er kann seine hüften keinen millimeter bewegen.

langsam, mit gleitenden bewegungen verlagert sie ein klein wenig ihr gewicht auf ihm, vor und zurück.

nase an nase liegt sie über ihm.

bitte lass mich stoßen! fleht er stumm. er versucht, ihren blick zu finden.

halt schön still! murmelt sie nah an seinem ohr, wehe, du kommst! sonst verkaufe ich dich!

bitte, meine Herrin, ich fürchte, ich komme gleich, ich kann das noch nicht, was du von mir verlangst, jammert er.

okay... sie steigt ab, spuckt in die hand, verreibt das auf der violett verfärbten eichel, ein bißchen desensibilisierung. erleichterung, ein wenig ein taubes gefühl.

er versucht, sich auf anderes zu konzentrieren. denn es ist immer noch schwer genug. wundervolle qual. er kostet es aus, ihr so zu dienen, er ist ein dildo mit armen und beinen und einem kopf, der amok läuft.

wieder ruckt er heftig, kann kaum anders.

sie knallt ihm eine: halt still!

ihre muskeln quetschen ihn, und wenn er sich nicht irrt, setzt da das zucken in ihr ein, das zusammenziehen in kurzen abständen, das bedeutet ...

TOTALE

die welt dreht sich auf den kopf. erst von fern und dann mächtig und zugleich zart: ein schauder läuft über ihn. vor seinen augen: ein chaos aus farbigen flecken, wie wild verteilte farbspritzer. ein tiefer atemzug. beide halten still. er fühlt ein leuchten, das aus ihr kommt und auf ihn übergreift, er bekommt ihre signale, er hat ihren orgasmus, fühlst du mich? ja, ich fühl dich. ich fühl dich.

CLOSE-UP

ich bin nicht gekommen, denkt kaleb. aber es war schöner als das. es bleibt in der schwebe, bleibt wie eine nachschwingende saite, die gespannt bleiben muß, um nachzuklingen. oder auf der ein neues lied gespielt werden wird.

er ist noch immer steif, aber es ist nicht wild und verzweifelt, sondern es fühlt sich sanft an und auf eine fremde art ruhig und befriedigt.

gut, daß ich nicht gekommen bin. unten angekommen, vielleicht sogar.

im gegenteil, es könnte gleich weitergehen.

ein süßer pelz sagt sie. sie bläst hinein, er stellt sich auf und entblößt hilflose weiße haut

gänsehaut zieht sich über seine schenkel

sie beugt sich über ihn und küsst ihn.

wir sind im kreis, sagt er langsam.

sie nickt. du hast es verstanden.

du wirst ein gutes spielzeug. das beste. ich weiß es.

nachwort

Soweit also die Novelle, die ein paar Personen aus den Romanen dar-
stellt und auch ein paar neu erfunden hat, die in den Romanen nicht
vorkommen. Und um dieses Spin-Off darin einzuordnen, erlaube ich
mir, meinen Lesern ein paar Eindrücke davon zu geben — in der Hoffnung, daß Sie ein bißchen neugierig geworden sind. Viele Informatio-
nen zu meinem Werk finden Sie auf meiner Website
http://www.hausmacht.de
Noch eine Bemerkung: Sie könnten die Schreibung eigenwillig finden;
in meinen Romanen herrscht normale Groß- und Kleinschreibung,
allerdings verwende ich das ß nach den alten Regeln, da ich der An-
sicht bin, daß die heutige Verwendung auf Unwissenheit beruht.

Die Homsarecs!-Trilogie umfaßt drei Bände zu je 508 Seiten mit einer
großen Zahl von farbigen und auch einigen schwarzweißen Illustrationen, die von mir gezeichnet und dann digital koloriert und überarbei-
tet wurden. Es handelt sich um eine Folge von Fantasy-Romanen mit
erotischen und BDSM-Komponenten, die allerdings nicht einziger Da-
seinszweck sind, sondern eingebettet sind in ein Epos mit dramati-
scher Handlung und Charakterschilderung vieler Helden. In allen Teilen
begegnen wir den Hauptgestalten in neuem Zusammenhang und lernen auch weitere kennen. Um die Zuordnung zu erleichtern, ist den
Romanen im Anhang einiges Informationsmaterial zugeordnet, wie z.B.
Personenverzeichnis, Begriffslexikon, Stammbaum, Landkarte und
Übersetzungen aus der Sprache der Homsarecs, der sie sich aber nur
gelegentlich bedienen.

Wer nach typischen Geschichten aus dem BDSM- und Fetisch-Formen-
kreis sucht, könnte enttäuscht werden. Es geht mir zwar in erster Linie
darum, Geschichten zu erzählen, in denen BDSM, vor allem SM, eine
wesentliche Rolle spielt. Primär geht es aber um Liebesbeziehungen.
Und ein großer Teil davon sind schwule Liebesbeziehungen. Wer damit

nichts am Hut hat, sei darauf vorbereitet. Diese Beziehungen sind auch durchaus nicht platonisch.

Es geht auch nicht unbedingt um Homosexualität an sich. Sie ist unter meinen Helden selbstverständlich und akzeptiert; für viele ist sogar der Schritt in die Heterosexualität das größere Abenteuer. Ich nehme an, daß zärtliche Verhältnisse unter den Amazonen etwas völlig Normales sind; mit der Kultur der Lesben jedoch bin ich nicht vertraut, und darum bitte ich zu entschuldigen, daß sich hier kaum Stoff findet. Als heterosexuelle und dominant-sadistische Frau habe ich einen anderen Blickwinkel, den ich hier deutlich zeige und auch mein Leben lang nicht verändert habe.

HOMSARECS! EINE TRILOGIE

Band 1: Homsarecs!
Band 2: Der Doge und sein Sklave
Band 3: Isegrims Tagebücher

Pro Band 508 Seiten, Softcover 17x22 cm, € 19,90 (Band 1), € 18,90 (Band 2 bzw. Band 3). Ab 18 Jahren. Auch als e-Book online erhältlich.

Bestellmöglichkeit:
Über den Online-Shop der SCHLAGZEILEN,
http://www.schlagzeilen.com
auch erhältlich bei Charon Verlag Grimme KG und SCHLAGZEILEN, Simon-von-Utrecht-Straße 4 c, 20359 Hamburg (St.Pauli).
Online in den bekannten Portalen und im Shop von BoD:
http://www.bod.de

Homsarecs! Schicksal und Verbrechen

Überarbeitete Neuauflage

Bollywood meets BDSM — und verwandelt dieses in ein Fest der Farben! Ein Reigen schwuler und anderer Liebesgeschichten aus dem Leben der Homsarecs dreht sich in diesen drei Büchern. Sie sind Mutanten, schön, schnell, heiß wie Fiebernde und haben scharfe Zähne. Sie fallen auch mit einer Kugel im Kopf nicht in Ohnmacht und schlafen kaum. **Homsarecs** sind **Homo Sapiens Erectus**. Sie leben nach eigenen Gesetzen innerhalb einer spießigen Rechtsdiktatur, die nichts gegen sie unternehmen kann, denn sie sind sind scheinbar unbesiegbar. Iván zieht es magisch zu ihnen. Die Gesellschaft, aus der Iván flüchten will, verbietet jeden Kontakt. Für sie sind Homsarecs perverse Missbraucher, Sklavenhalter, morallos. Sogar von Kannibalismus ist die Rede... Und plötzlich ist Iván mittendrin im Konflikt. Sein Vater, ein Regimegegner, sieht nur einen Ausweg: Ein Homsarec soll nun seine schützende Hand über Iván halten! Auf einmal findet sich der junge Mann in einem Paradies von Lust und Schönheit wieder, ist aber auch mit dem Rätsel ihres frühen Todes konfrontiert. Iváns Schicksal ist eng mit den Homsarecs verknüpft. Er forscht nach den Ursachen ihres kurzen Lebens und findet erstaunliche Zusammenhänge. Kein Wunder, daß er so auch die Aufmerksamkeit ihres Todfeindes auf sich zieht, der auf die Zerstörung der Homsarec-Kultur aus ist. Und damit hat er Iván im Zielkreuz.

Homsarecs! 2: Der Doge und sein Sklave

Erzähler ist jetzt Isatai, den wir als einen der Protagonisten des ersten Teils kennen. Er stellt uns Lelo, einen etwas verwahrlosten jungen Homsarec von 18 Jahren vor, der in der Hauptstadt der Homsarecs, in Sukent lebt. Er treibt sich in schwulen Wohngemeinschaften herum, steigt in fremde Häuser ein und stiehlt Essen, Betäubungsmittel und was ihm noch nützlich erscheint. So steht er dann ertappt vor dem Dogen Tanguta, der auch richterliche Funktionen ausübt. Der Doge, den wir schon aus dem ersten Teil kennen, sieht zunächst keinen Grund zur Milde und erkennt auf harte Strafe. Doch als Lelo ihm nach Jahren wieder vorgeführt wird, erinnert er sich. Warum sammelt dieser Bursche alle Fotos und Artikel über den Dogen, die er bekommen kann? Plant der Junge ein Attentat — wie der Polizeichef glaubt — oder hat er andere Gründe für sein merkwürdiges Verhalten? Der Herr der Stadt nimmt Lelo unter seine Fittiche und nennt ihn Isegrim.

Was spielt sich unterdessen in Isatais Haus ab? Es scheint, daß ein Mann, der dort doch scheinbar im Koma liegt, die Dinge mithilfe seiner psychischen Kräfte zu lenken beginnt. Alle Homsarecs sind auf Alarm gebürstet... Wer Freund ist und wer Feind, das ist nun nicht mehr so einfach zu erkennen. Und auch in der Hauptstadt entwickeln sich die Dinge in beängstigender Weise. Daß sich Homsarecs niemals um Geld gekümmert haben, wird nun zu einer ihrer großen Schwächen. Die Hauptstadt, ihre Zuflucht und das Zentrum ihrer Kultur, droht ihnen zu entgleiten. Isegrim will helfen...

Homsarecs! 3: Isegrims Tagebücher

Lelo, den wir aus dem 2. Teil kennen, ist der Erzähler des 3. Teils. Die Form des Tagebuchs läßt uns hautnah miterleben, was er durchmacht. Seine Beziehung zum Dogen ist weiterhin aufregend und führt beide durch Höhen und Tiefen.

Lelo/Isegrim kennt sich auf der dunklen Seite der Cultura aus. Darum bekommt er den Auftrag, die letzten Kannibalen aufzuspüren, die zum Aufgeben ihrer Unsitte bewogen werden sollen. Aber die Expedition entwickelt sich anders als geplant, die Rebellen sind klüger und stärker als selbst der Doge angenommen hat, Lelo gefällt es bei ihnen besser als es das eigentlich dürfte. Er erkennt nach vielen schmerzlichen und berauschenden Erfahrungen mit Männern und Frauen, was seine eigentliche Bestimmung ist. Die Liebe führt ihn zu neuen Erkenntnissen und bringt ihn zu erstaunlichen Entdeckungen seiner eigenen Möglichkeiten.

An seinem Schicksal, seinen Verlusten, die ihm das Herz brechen, wird dargestellt, wie sich der „Fluch" auswirkt, der das Leben der Homsarecs so grausam verkürzt. Und wir erfahren, wie er sich auf die Beziehungen auswirkt. Während sie dies früher verdrängt haben und versuchten, dieses kurze Leben dann doch so intensiv wie möglich zu genießen, haben sie jetzt endlich den Mut, den Ursachen ins Auge zu sehen. Und nun nähern wir uns auch endlich der Lösung des Rätsels.